U0131275

印刻文學 145

小說地圖
A Map of Fiction

漫遊小說世界的三段路程

鄭樹森/著

2-5 完全抽離現實世界的小說類型

3-3.1 針砭社會的批判精神

1-2 由「外在」轉向「內在」的初步嘗試　　3-2.1 英美的地域主義

3-5.3 小說世界的「真實」與「虛托」

3-2 現實主義的地域色彩

3-4 蘇聯的「社會主義現實主義」

2-2 拉丁美洲小說的奇幻荒誕

3-3.6 英國『憤怒』的五〇年代

1-5 心理小說的總體成績

3-1.2 在後進地區開枝散葉

2-3 魔幻現實主義　　3-3.2 美國現實主義視野的狹窄化

3-5.1 語言風格的返璞還淳

小說地圖
A Map of **Fiction** / **con**tents

路程一　從外在到內在

維琴尼亞‧吳爾夫寫作時的桌子。（桂冠出版／提供）

小說地圖
A Map of **Fiction**

全知觀點與外在寫實

　　傳統小說，不論中西，都是作者以全知觀點來敘述事件、塑造人物、鋪陳細節，因此有所謂作者干預、作者現身這問題出現。中國的傳統小說，一直都有非常明確的作者直接現身說法，與讀者打交道。而在國外，西方的傳統小說也不例外，作者會直接向讀者講話，例如會有類似「親愛的讀者」招呼語，所以作者的「存在」非常清楚。同時，作者或敘述者的觀點、意見、態度、立場，往往都會相當明確地寫出來，至於這是不是真正作者的、原來的歷史作者的想法，當然可以另作別論，但基本上會認定有一個所謂「作者」在指指點點、告知一切，

對人物的善惡好壞，對事件的過去未來，都可以插入及支配。換言之，傳統作品中的作者一如上帝，能夠控制一切，調配一切。英文對這種敘事觀點的稱呼，是"omniscient"，其字根"omni"本來就是上帝、神的意思，因爲在這種傳統小說的敘述方式裡，作者真的仿如上帝。小說中作者現身的程度，以及讀者感知「他」存在的程度，非常清晰。

這類作品也特別重視外在寫實。換句話說，在現實主義的傳統裡（「現實主義」英文通稱"realism"，台灣過去一般譯作「寫實主義」），這種寫法長於對外在細節、事件等的鋪陳，基本上以情節爲主來推展故事，較爲忽略人物的內心世界。國外的傳統現實主義小說，上述特徵也非常普遍。在傳統的現實主義小說裡，有些小說甚至連氣氛的營造也稍爲欠缺。

紫式部

在傳統小說的歷史裡，亞洲小說中日本紫式部（約978年-1014至1030年間）的《源氏物語》（約1004年）倒是個特殊的例外，這

部小說對氣氛的重視比西方走得更前。以小說出現的時間而言，《源氏物語》對氣氛的營造，可謂獨步傳統小說世界六、七百年。《源氏物語》在世界小說史上大體是個異數。可以說，在傳統小說裡，外在寫實一向都比較優勝。直到十九世紀，外在寫實仍然是中外習慣的通用模式。

由「外在」轉向「內在」的初步嘗試

外在寫實這種寫作模式到十九世紀末、二十世紀初，可以說已發揮得淋漓盡致。在此情況下，二十世紀小說的最大突破，一般評論家均認為是由外在寫實轉移向重視內心刻畫。也就是由經營外在情節，轉為進入人物的內心活動為重點。這轉變一直被視為小說敘述典範性的重大革命，也是二十世紀小說中最重要的轉移。

這轉變雖主要見諸二十世紀，論者也以二十世紀的作品為討論分析的主要對象，而事實上此革命性的轉變，最早源自十九世紀。那時其實已開始有變化，只是乃個別的、偶爾的嘗試，

珍・奧斯汀

直到二十世紀才成為比較持續出現的寫作特徵。最意外的是,由外在轉而營造內心世界的寫法,始見端倪於十九世紀初英國閨秀派作家珍・奧斯汀(Jane Austen, 1775-1817)筆下,如《愛瑪》(*Emma*, 1816)。從這部作品中已開始見出作者想捕捉、處理人物心理的嘗試,而此嘗試顯現於把作者的介入、作者的聲音、態度,盡量減至最低、最少,反而在敘述上努力讓人物本身去抒發觀感,透過人物的眼光來觀察人與事,一切由人物本身自行體會。當然,所謂「人物」的一切感受、體會或行為,其實也不過是由一位歷史上真有其人的作者通過敘述者構築出來的。在珍・奧斯汀的作品中,我們開始讀到內心刻畫,即是盡量在描述事件或對話後,讓人物自己有所感想和有所觀察。這時,珍・奧斯汀會很技巧地,盡量將觀點的表達控制在符合人物當時的想法之

【英國】

珍・奧斯汀(Jane Austen, 1775-1817)

●《愛瑪》(*Emma*, 1816)

內，於是讀者讀到的，是貼近小說人物的觀點、角度、觀察及感受。在閱讀過程中，這種閱讀經驗對讀者所誘發的心理感受，會來得比較親切，拉近讀者與人物之間的距離。讀者在閱讀過程中，會比較覺得是受故事中的人物主導，而非由故事以外的作者主導。

福樓拜

這種盡量壓抑、減少作者介入的做法，除珍‧奧斯汀之外，還見之於十九世紀中葉的法國小說家**福樓拜**（Gustav Flaubert, 1821-1880）。福樓拜的《包法利夫人》（*Madame Bovary*, 1857）在處理女主角對婚外情的心理感受及心理反應時，就多用了盡量貼近角色身分的語言來描述女主角的內心狀態。至於小說中的觀點，無論是珍‧奧斯汀還是福樓拜，仍然沿用第三人稱表達。第三人稱在一般傳統小說裡被稱為全知觀點，但在上述兩位作者的筆下，全知觀點開始變得中

【法國】

古斯塔夫‧福樓拜（Gustav Flaubert, 1821-1880）

●《包法利夫人》（*Madame Bovary*, 1857）

立化、客觀化，再加上以貼近人物的觀點來表達對世界、對各式人事的感想，使這兩位作家的作品，尤其是《包法利夫人》，開始往內在刻畫的方面轉移。

這兩位作家在二十世紀盛行內心化寫作之前，已探索內心化寫法的事實，要遲至二十世紀六、七〇年代才開始被注意。換言之，內心化的寫法，早在十九世紀初、中期，已有他們兩位作很孤獨的試驗。認識福樓拜貢獻的人今天其實是不少的，惟珍‧奧斯汀是此試驗的先行者則知者不多。二十世紀初，美國小說家亨利‧詹姆斯（Henry James, 1843-1916）在福樓拜的基礎上有進一步的發揮，一般論者均把他視爲二十世紀心理小說的第一位最重要的先行者，而事實上他很明顯是受福樓拜的啓發。珍‧奧斯汀與福樓拜才不約而同、眞眞正正是先行者；當然，其中以福樓拜走得更遠。

單一觀點的運用

　　亨利・詹姆斯的《奉使記》（*The Ambassadors*, 1903），可以說是第一部採用單一觀點的心理小說。《奉使記》的故事非常簡單，說一個年輕人由美國新大陸去了歐洲舊大陸，他的家長擔心舊大陸的頹廢淪喪，會敗壞新大陸的清教徒道德。於是，派了一位家人很信任、又能處理舊大陸之敗德的家庭代表去拯救年輕人，中文書名因而有《奉使記》的譯法。全書基

亨利・詹姆斯

【美國】
亨利・詹姆斯（Henry James, 1843-1916）
●《奉使記》（*The Ambassadors*, 1903）

本上是由派去歐洲的這位比較年長的家庭代表來敘述，因此讀者所看到的、聽到的，以致可以感受到的，都經這角色的耳目過濾。這位人物的心理、對事物的看法，讀者因而會十分清楚。小說雖然是第三人稱，但因為用了單一觀點，在個人心理的處理上可以發揮得更淋漓盡致，但對外在現實的處理便稍有局限，其他人物的狀況，往往只能通過「他」來認知和猜測。對亨利‧詹姆斯來說，正因為有這些局限，令小說更加貼近現實。因為在現實世界裡，我們何嘗不是透過一個人（自己）的眼光、耳目、認知、感受來理解現實；所以對亨利‧詹姆斯而言，通過一個人來認知外在世界，也許更接近真實世界的狀況。而此舉也明顯地將心理活動向前推進了一大步。

亨利‧詹姆斯這一嘗試影響相當深遠，為後來的很多做法鋪路。影響是比較抽象的東西，有時難以明言，但是集中在一個人物身上的單一觀點的手法，在後來的英美小說家筆下均可讀

到。而一戰前後，法國小說家普魯斯特（Marcel Proust, 1871-1922）的《追憶似水年華》（*In Search of Lost Time*），第一卷《在斯萬家那邊》（*Swann's Way*, 1913）便很清楚是以內心獨白、內心活動為主。雖然仍是第三人稱敘述，而且有相當多的外在描寫，但可以看出小說的觀點集中，內心活動也明顯。

普魯斯特與六冊《追憶似水年華》

【法國】
馬塞爾·普魯斯特
（Marcel Proust, 1871-1922）
●《追憶似水年華》（*In Search of Lost Time*）
　第一卷《在斯萬家那邊》（*Swann's Way*, 1913）

同一時期，俄國的安德烈・別雷（Andrei Bely, 1880-1934）也開始寫他的長篇小說《彼得堡》（*Petersburg*, 1913-1922）。這部長篇有人形容為表現主義，也有人形容為是一種蒙太奇式的作品。作者在小說中有很多新實驗，但大量的內心經營、內心活動是其重點。小說於1913年動筆，至1922年才完成修訂。可以說，二十世紀初除歐洲文壇的普魯斯特之外，另一邊，俄國的別雷亦同時以進入內心的做法，來與十九世紀以降的現實主義傳統告別。

安德烈・別雷

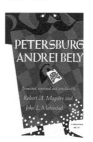

【俄國】

安德烈・別雷（Andrei Bely, 1880-1934）

● 《彼得堡》（*Petersburg*, 1913-1922）

意識流

在《彼得堡》正式出版的1922年，愛爾蘭的英語小說家**詹姆斯·喬伊斯**（James Joyce, 1882-1941）完成了長篇《尤利西斯》（*Ulysses*, 1922）。這小說一般被形容爲是意識流小說。

詹姆斯·喬伊斯（桂冠出版／提供）

　　所謂意識流得作更精確的界定，若以喬伊斯《尤利西斯》的發揮爲參照，即是內心獨白（interior monologue），再加上自由聯想（free associa-

【愛爾蘭】
詹姆斯·喬伊斯（James Joyce, 1882-1941）
● 《尤利西斯》（*Ulysses*, 1922）
● 《都柏林人》（*Dubliners*, 1914）

tion）。過去一般論者均將內心獨白視為意識流，這其實不大正確。不少小說都有內心獨白。任何以第一人稱來做敘述的小說就可以有大量的內心獨白，甚至用「我」來寫日記，寫下「我」的思想感受，一如自言自語，這些也是內心獨白，與戲劇在舞台上的個人獨白十分接近。而加上自由聯想才能算是意識流的原因，是因為在喬伊斯的《尤利西斯》裡，每當第三人稱的主角對外物心有所感、自言自語時，這些獨白式的描述，會以非常隨意的方式不斷跳躍。而這跳躍往往由各種外在刺激或內在關聯而引起。例如，上一句可以是描述他正在想及的事情，而那事情涉及時鐘，就會立刻跳到童年時候對時鐘的回憶；而時鐘有數字，下一句可能就會跳到做數學習題的記憶，又由做數學習題跳到一位老師，想及年輕時老師如

何教他……。換言之，中間的聯想沒有邏輯關係，因而是「自由」。而由於「自由」聯想是跳躍性的，只是由一物一事，隨腦海的內在邏輯引出另一事一物，於是那種大段落的內心活動便顯得頗難理解，欣賞時要連起前文後語、一整段地去看其間跳躍性的牽連與發揮，這與一般舞台上的、完整而有邏輯的內心獨白截然不同。

從這角度來看，台灣小說家王文興的《家變》很明顯是意識流的作品，當中的內心獨白就加上了自由聯想的經營。而香港小說家劉以鬯的《酒徒》，則只能說是一本內心獨白的作品。當然，廣義而言，兩者都是心理小說，只是對讀者有不同的挑戰而已。

1922年俄國小說家別雷出版修訂了將近十年的小說《彼得堡》的同時，喬伊斯亦終於在巴黎出版《尤利西斯》，可以說是西方現代主義一個重大的里程碑。《尤利西斯》裡有內心獨白加自由聯想的意識流，又有大量繽紛奇異的典故，令這部小說晦澀難懂，成為二十世紀最具挑戰性的一部小說。而《尤利西斯》

的最後一章，女主角那段結合了自由聯想的內心獨白，總長二萬多字，是如泉湧而出的、沒有間斷的獨白，爲現代小說僅見的表現。《尤利西斯》可以說是二十世紀由外在轉向內在這種寫法，被推到最高峰的一部作品。這部小說長期被禁，主要是最後一章女主角的內心獨白曾被指爲淫穢（obscene），在英語世界裡要到1936年才能正式刊行首部完整本。喬伊斯雖然是以

《尤利西斯》成名，但其現實主義的基本功力非常出色。他寫於1914年的短篇小說系列集《都柏林人》（*Dubliners*），以當時愛爾蘭首府都柏林的頹敗氣息、癱瘓蕭條爲焦點，並在這種氣氛、主題下塑造人物，經營情景。小說對敗北、垂死的描畫，至今獨步。

在歐洲，當時除了英語世界，西歐也有個別作家不約而同在嘗試意識流。當中最受忽略的，是義大利小說家**依塔洛·斯韋沃**（Italo Svevo, 1861-1928），他在《尤利西斯》（1922）出版

依塔洛‧斯韋沃

後，於1923年自費出版了他的一部心理分析長篇小說《澤諾的告白》（*Confessions of Zeno*）。斯韋沃懂德語，於一次大戰以前已大量閱讀佛洛依德的心理學作品，小說裡的主人翁在五十歲時幾乎完全喪失意志力，決定找一位精神醫生替自己治療。而這位精神醫生要求他從下意識的角度來回憶過去的一些經歷及習慣，並用札記形式寫下來。換言之《澤諾的告白》這個長篇，是以札記形式記錄一個喪失意志力的、精神備受困擾的主角，對過去種種的重構與反省。小說可以說是一篇很長的內心獨白，當中有不少篇幅以心理活動和心理分析為主。

相對於其他心理小說，義大利小說家斯韋沃非常罕有地以佛洛依德的精神分析學作基礎。小說的結尾也有點特別，以地球

【義大利】
依塔洛‧斯韋沃（Italo Svevo, 1861-1928）
●《澤諾的告白》（*Confessions of Zeno*, 1923）

面臨一次大爆炸，世界即將毀滅作結，而這種非常悲觀的世界觀，顯然與主角患精神病一點相結合。然而，這樣的結局，也有可能與第一次世界大戰剛結束，社會瀰漫虛無主義的思想狀況有關。小說裡的主角對社會及生活很沒信心，結尾說生活像是一個病人，時好時壞，而生活的病是無法治癒，而且是致命的，因此也是生活不同於疾病的地方。「這情況有點像一個千瘡百孔的身體，要將身上的孔洞堵塞，不但於事無助，反而最後會窒息而死」。而二○年代精神空虛這狀況，在海明威的現實主義傳統的小說裡也有入木三分的刻畫。斯韋沃的《澤諾的告白》出版後備受忽略。有趣的是，後來他有機會與喬伊斯成為朋友，他把這本書送贈喬伊斯。而喬伊斯精通義大利文，看後十分欣賞，因為類似的心理小說取向可說與他同道，他本人十分推薦，不斷向朋友推介斯韋沃的這部小說。喬伊斯給朋友寫信時，稱斯韋沃為義大利的普魯斯特，這比喻當然是指斯韋沃在心理小說上的造詣。很可惜，斯韋沃在《澤諾的告白》出版不久後，於1928年死於車禍，沒有機會再多作探索。

維琴尼亞・吳爾夫（桂冠出版／提供）

1922年《尤利西斯》出版前後，英國小說家**維琴尼亞・吳爾夫**（Virginia Woolf, 1882-1941）也以內心獨白為敘事手法，寫作長篇小說《達魯威夫人》（*Mrs. Dalloway*, 1925）。這部小說的內心獨白因為比較可讀，為英國現代主義的心理小說開拓了一個新領域。稍後於1927年的《到燈塔去》（*To the Lighthouse*），作者又將實驗推至高峰。

吳爾夫對心理小說的實驗是頗自覺地進行的，早在1919年便寫文章批評英國小說界過於執著十九世紀傳統的現實主義手法；在一戰結束後，她已大力提倡小說創作不能再停留於外在寫實，而需要轉至內在寫實。吳爾夫對當時英國小說界名氣極大的阿諾德・班奈特（Arnold Bennett, 1867-1931）有極嚴厲

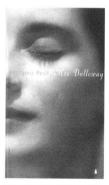

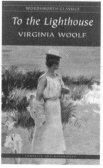

【英國】
維琴尼亞・吳爾夫（Virginia Woolf, 1882-1941）
● 《達魯威夫人》（*Mrs Dalloway*, 1925）
● 《到燈塔去》（*To the Lighthouse*, 1927）

的批評，班奈特甚至被她當作「反面教材」來狠批。而對班奈特的實際評價，後來甚至可能是因此而被忽略了的。

　　由外在轉向內在，是那時很多作家不約而同的嘗試，地域上廣及法國、英國、俄國和愛爾蘭。而在美國，南方小說家**威廉‧福克納**（William Faulkner, 1897-1962）在1929年出版成名作《聲音與憤怒》（*The Sound and the Fury*），小說開首是一個智障兒內心波動的文字呈現，這樣的一個人物的內心波動便難免相當混亂，有一些意識流，即自由聯想式的內心獨白。《聲音與憤怒》雖然是福克納的成名作，但就因為比較艱澀而沒有被一般讀者接受。這部小說於1929年出版後，福克納雖然繼續嘗試內心刻畫，但如《聲音與憤怒》卷首般的實驗便不多見。

威廉‧福克納（桂冠出版／提供）

【美國】

威廉‧福克納（William Faulkner, 1897-1962）

●《聲音與憤怒》（*The Sound and the Fury*, 1929）

心理小說的總體成績

回看整個歐洲，心理小說於三〇年代初已成爲文壇主流，不同語種的歐洲代表作家已在他們的作品內多所運用，作品由對現實世界的捕捉，轉向對內心世界的描畫。法國小說家安德烈·紀德（Andre Gide，1869-1951）在1927年出版的《偽幣製造者》（*The Counterfeiters*）裡，也很清楚地有內心獨白，並且有《包法利夫人》式的、以個別人物所觀所感來作大段描寫

安德烈·紀德

【法國】
安德烈·紀德（Andre Gide, 1869-1951）
●《偽幣製造者》（*The Counterfeiters*, 1927）

的經營。在德語世界方面，奧地利作家**羅
拔特・繆齊爾**（Robert Musil, 1880-1942）
於1930至1932年間陸續完成的《沒有個性
的人》（*The Man without Qualities*）是德語
世界心理小說一個重要的里程碑。

可以說，西方在二十世紀的頭二、三十
年，個別作家在這種轉向內心的努力上大
抵已建立了穩固的基礎，作家的個人革命全面報捷。然而，一
如所有的革命，要得到廣大讀者、出版家及評論界的接受，還
得經歷一些時間。因而直到二十世紀的五〇、六〇年代，這批
小說才在大學領域裡開始被注視及討論；至七〇年代，才成為
理所當然的文學發展過程。當中發端與被承認之間的時間差
距，有幾十年之久。

而二戰後，原籍愛爾蘭，同時用英語及法語發表作品的**貝克
特**（Samuel Beckett, 1906-1989），亦即以荒誕劇《等待果陀》

【奧地利】
羅拔特・繆齊爾（Robert Musil, 1880-1942）
●《沒有個性的人》（*The Man without Qualities*, 1930-1932）

（*Waiting for Godot*, 1953） 馳名世界的戲劇家，在五〇年代初也將單一觀點的內心獨白全力推到極致。他的三部作品：1951年用法語發表的《摩萊》（*Molloy*），1951年先以法語寫成、1958年再以英語發表的《馬龍死了》（*Malone Dies*），以及1953年先以法語寫成、1960年以英文發表的《無以名之》（*The Unnamable*），將主角瀕死的、混亂的內心狀況以內心獨白表現，當中雖然沒有大量的自由聯想，但人物在其間的精神混亂，神志不清，足以令作品相當難懂。相信這三部作品今天捧讀的人已極少，但貝克特這三部小說，可以視爲二十世紀中葉，即五〇年代初，將詹姆斯的單一觀點內心獨白推到極致的代表作。在貝克特筆下，《摩萊》、《馬龍死了》、《無以名之》三部曲將亨利‧詹姆斯的可解、可感、可懂，推至支離破碎、難解難懂的

【愛爾蘭】
撒姆爾‧貝克特（*Samuel Beckett*, 1906-1989）
● 《等待果陀》（*Waiting for Godot*, 1953）
● 《摩萊》（*Molloy*, 1951）
● 《馬龍死了》（*Malone Dies*, 1951-1958）
● 《無以名之》（*The Unnamable*, 1953-1960）

地步。就心理小說而言，五十年間的變化可說相當大。

　　貝克特的寫作特色，是將一些先行者的試驗推到藝術上的極限，這固然是他在藝術上的成就，但也令他的三部曲今天幾乎無人問津。因為這三部小說完全沒有故事、情節、人物可言。《尤利西斯》無疑也很難讀，但相比之下，《尤利西斯》裡的人物遭遇及小說氛圍都比較引人入勝，自由聯想雖然跳躍，但讀起來饒有趣味，這就是喬伊斯與貝克特的不同之處。因此，就單一觀點內心獨白這藝術手法而言，雖然是由貝克特在藝術上推到極限，自有其貢獻，但今天反而較少提及。

歐洲以外的影響及發展

　　至貝克特爲止，二十世紀西方心理小說已有五十年的探索與奮鬥，藝術上已發揮得淋漓盡致。五〇年代後，基本上是西方這一套寫作方式對亞洲、非洲、拉丁美洲所謂第三世界作家的影響。

　　在拉丁美洲，一般人會認爲墨西哥的卡洛斯‧富恩特斯（Carlos Fuentes, 1928- ）是魔幻現實主義的作家，但事實上他受大西洋兩岸、歐洲及英語世界心理小說的影響也極深。在拉丁美洲，他1962年的小說《阿提米奧‧克魯斯之死》（*The Death of Artemio Cruz*）因爲是第一部運用大量內心獨白的長篇，普遍

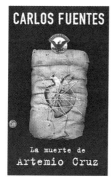

被視爲拉丁美洲最接近意識流手法的一部作品。然而，由於沒有結合自由聯想，今天我們基本上只會將之界定爲一部內心獨白作品。他明顯受喬伊斯、吳爾夫及福克納的影響，是二十世紀上半葉英美心理小說大師在拉丁美洲的重要繼承人。富恩特斯將這種技巧用於墨西哥的歷史，從而探討墨西哥的身分。墨西哥位於中美洲，與北美洲美國，及南美洲拉丁美洲的關係一直比較盤錯糾纏，尤其是與龐大、富庶、強橫的鄰居（美國）關係更爲複雜。富恩特斯的作品一直也探討這種關係，雖然著力於心理探討，但其歷史層面的意義仍然相當鮮明。

富恩特斯於《阿提米奧‧克魯斯之死》對內心獨白的嘗試，情況與很多拉丁美洲作家於寫作初期，都會受現代主義心理小說的影響，從而作出類近的嘗試是一致的。如祕魯小說家馬里奧‧巴加斯‧略薩（Mario Vargas Llosa）、阿根廷小說家胡里奧‧葛塔薩（Julio Cortazar）、智利的小說家荷西‧唐納索

【墨西哥】
卡洛斯‧富恩特斯（Carlos Fuentes, 1928- ）
● 《阿提米奧‧克魯斯之死》（*The Death of Artemio Cruz*, 1962）

（Jose Donoso），都在早期有類似的內心獨白的實驗。

　　北非洲方面，埃及的阿拉伯語小說家**納吉布・馬富茲**（Najib Mahfuz, 1911-2006）在早年也曾嘗試寫過一些內心獨白的作品。阿拉伯語文學基本上是詩歌及口頭敘述傳統。小說，尤其是西方十八世紀以來那種形式的小說，在阿拉伯世界過往的傳統文學中並未出現，因此是在十九世紀末以來，逐步受殖民者的影響才先後在法國及英國的影響下，吸收了這種西方的文學形式。

　　馬富茲一生的小說創作，幾乎就是整個歐洲自十九世紀以來小說發展史的一個縮影。十九世紀以來，由現實主義到內心獨白、以及其他現代主義的技巧，以致短篇小說的各種可能性，又或者是結合虛幻傳統的小說，都可以在馬富茲的小說中讀到。換言之，他本人就是由現實主義到現代主義、甚至是某程度上的後現代主義的縮影。馬富茲的小說在阿拉伯世界的影響及地位，可以說無人能及。他早年的個別作品也有內心獨白的

大量運用，而在代表作《開羅三部曲》（*The Cairo Trilogy*, 1956-1957）中，可以看見他盡量中立、壓抑作者干預，讓人物角色去呈現那恰如其分的觀感。此舉令小說的心理層面變得比較豐富，是一種類近《包法利夫人》的做法。相對於現代主義的心理小說，《開羅三部曲》倒是一種反璞歸眞的寫法。

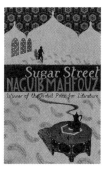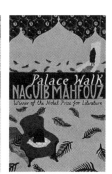

　　亞洲方面，在二次大戰之前，日本小說家的**橫光利一**（1898-1947），也可視爲日本現代派非常重要的先行者。橫光利一通常被視爲新感覺派的領袖。這個流派受法國達達主義、德國表現

【埃及】
納吉布・馬富茲（Najib Mahfuz, 1911-2006）
●《開羅三部曲》（*The Cairo Trilogy*, 1956-1957）

主義、俄國未來主義等西方前衛文藝運動的影響，要與當時籠罩日本文壇的自然主義，及無產階級左翼文學運動對抗。橫光利一所領導的新感覺派，主張以直觀來理解世界的表象，認為外在現象必須通過內心直接感受才能賦予意義，因此特別重視內在心理的探討。在表現手法上，這派強調主觀描寫，並配合

出人意表的辭藻、富節奏感的語言，來烘托內心主觀感受的刻畫。

橫光利一

在心理小說方面的探討，新感覺派的作家似乎沒有受到幾位心理小說大師所影響，反而接近更為極端的西方前衛文藝運動。橫光利一於1928年曾訪問中國，回去後寫過一部長篇小說《上海》。由於曾到訪中國，橫光利一的作品因此中譯，其小說手法對**施蟄存、穆時英、劉吶鷗**這批1930年代的上海「現代派」小說作家頗有影響。而劉吶鷗通日文，可能更早便吸收了橫光的手法。

【日本】
橫光利一（1898-1947）
●《上海》

在亞洲區來說，橫光利一的嘗試算是比較先行的。而汪曾祺在1945年發表的《復仇》（收於洪範版《現代中國小說選》第二卷，鄭樹森編），也用了一些內心獨白，基本上是一篇心理小說，是施蟄存、穆時英、劉吶鷗等上海的現代主義新感覺派之後的另一個嘗試。然而，由於當時的中國戰亂動盪，汪曾祺的嘗試因而被忽略。即使現在看來，《復仇》仍是1949年以前心理小說一個比較重要的成果。後來汪曾祺在八〇年代復出，這篇早期作品也有收入他的小說集內，惟已多有改動。

白先勇（黃祝威／攝）

1966年台灣小說家白先勇（1937-），在短篇〈遊園驚夢〉一開始時也用了類近珍‧奧斯汀及福樓拜的手法，即盡量以角色的觀感及角度來描述人物心理，見於小說中錢夫人進入竇公館後，錢夫人對竇夫人的打量與評估一段。而當錢夫人想起她在南京那一段時期的輝煌與冤孽戀情時，有一段長達四、五

【中國】
施蟄存（1905-2003）、穆時英（1912-1940）
劉吶鷗（1900-1940）

【中國】
汪曾祺（1920-1997）
●《復仇》（1945）

【台灣】
白先勇（1937-）
●《遊園驚夢》（1966）

頁的意識流，即內心獨白加上自由聯想的寫法。可以說，1949
後首次真正運用意識流的小說，以白先勇這篇最為明顯，雖然
小說襲用《紅樓夢》的語言和筆法，所寫的也是《紅樓夢》式
的興亡滄桑主題。〈遊園驚夢〉在處理錢夫人在台北竇夫人公
館裡的一段回憶，明顯採用內心獨白加自由聯想的跳躍、非邏
輯、割裂的描寫，可以說是當時極具開創性的實驗。然而，因
為在整篇小說中所占的篇幅比例不大，因而很多欣賞白先勇小
說的讀者反而忽略。但是，假如要找一個比較容易處理的意識
流的例子，白先勇《遊園驚夢》這個核心小部分，對一般讀者
而言，可能比王文興的《家變》及《背海的人》來得更易理
解。

王文興（1939-）的《家變》有一段寫主角洗澡，人物由花灑
灑下的水聲想到瑪麗蓮·夢露的一部重要作品《飛瀑怒潮》
（*Niagara*, 1953，亨利·夏打威執導）。要理解王文興這一段的
難度比較高，由灑下的水到片名，再由片名到瑪麗蓮·夢露這
跳躍，讀者要知道片名那典故才能明白。相對之下，白先勇

【台灣】
王文興（1939-2003）
●《家變》（1973）

《遊園驚夢》裡錢夫人的內心回憶，意識流跳躍相對來說還比較容易理解。小說中白先勇的這種處理，因為是用來凸顯人物的心靈創傷，有極複雜的難言之隱，都是些錢夫人想要壓抑、拒絕回憶的事情，於是回憶的斷斷續續、自由跳躍自有其心理因素，如此一來形式與內容便結合得水乳交融。

在大陸小說界，要到1979年大陸開放後，王蒙（1934-）的一些小說才見有內心獨白的嘗試，例如《布禮》、《蝴蝶》、《夜的眼》、《春之聲》、《海的夢》等五、六篇開放初期的中短篇作品，作者都用了相當多的內心獨白。可以說是八○年代以來，中國往現代主義重新進發的一個開端。王蒙之後，這類小說手法已愈來愈普遍。而往後的階段，眾多的文學流派於同一時間內很壓縮性地進入大陸。而二十世紀西方的心理小說，由外在轉向內在一類寫法的小說典範，也隨翻譯的引介而普為文壇熟知。

【中國】

王蒙（1934-）

● 《布禮》（1979）

● 《夜的眼》（1979）

● 《蝴蝶》（1980）

● 《春之聲》（1980）

● 《海的夢》（1980）

路程二 叩問現實的本質

卡夫卡《審判》的手稿（桂冠出版／提供）

卡夫卡式的奇幻荒誕

　　二十世紀初期，用德語寫作的猶裔小說家法蘭茲‧卡夫卡（Franz Kafka，1883-1924）在1916年的《變形記》（*The Metamorphosis*）裡，採取了一種不同於十九世紀現實主義傳統、以外在寫實爲重心的寫作方式。《變形記》雖然是現實主義的格局，即是以現實主義的筆觸來描繪各種細節，有時甚至不厭其煩地描寫具有特定意

法蘭茲‧卡夫卡（桂冠出版／提供）

【德國】
法蘭茲‧卡夫卡（Franz Kafka, 1883-1924）
● 《變形記》（*The Metamorphosis*, 1916）
● 《審判》（*The Trial*, 1925）
● 《城堡》（*The Castle*, 1926）

義的指涉，但其構思是奇幻荒誕的。在表面上是現實主義的架構下，作非現實的呈現。再加上文字風格異常簡樸，純為白描，類近紀實的新聞報導，於是更能烘托出寫實的架構。然而，所要探討的，完全不是現實可以驗證的經歷。1916年《變形記》的開首寫道：「一天早晨，格里高爾·薩姆沙從不安的

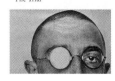

睡夢中醒來，發現自己躺在床上變成巨大的甲蟲。他仰臥著，那堅硬得像鐵甲一般的背貼著床，他稍稍抬了抬頭，便看見自己那穹頂似的棕色肚子分成好多塊弧形硬片」，後來在1925年的《審判》（*The Trial*）與1926年的《城堡》（*The Castle*），都有類

似的表現。例如《審判》的開首寫道：「一定是有人誣捏了約翰夫‧K，因爲一天早上，他沒有犯甚麼錯，就被捕了。」兩篇小說開頭的句子，都充分表達了卡夫卡自己所說的：「作品是表現一種夢境般的內心生活。」只是，卡夫卡的「夢境般的內心生活」是以完全寫實的、現實主義傳統的筆觸來表達而已。卡夫卡這幾部石破天驚的作品，評論界有很多解釋，後來一般認爲是處理人的異化、疏離感、命運之無法自我控制等主題，因此有時亦被視爲二十世紀存在主義文學的先驅。

　　在德語世界裡，卡夫卡的作品都是身後出版的，出版之後一時間也沒有引起很大的注意。到1930年代，德語世界出現了另一位猶裔作家艾里雅斯‧卡內提（Elias Canetti, 1905-1994）。卡內提在1935年出版的長篇小說《盲目》（*Auto-da-Fe*），於二十四歲時已開始構思，小說情節十分簡單，寫一位漢學家獨居於藏書極多的公寓內與世隔絕，只靠一位女管家照顧，後來漢學家被女管家騙婚，及後更被女管家逐出寓所，最後他放火焚書

【德國】
艾里雅斯‧卡內提（Elias Canetti, 1905-1994）
● 《盲目》（*Auto-da-fe*, 1935）

並喪生於大火中。小說表面上是寫精神崩潰，但最大成就不在於題材，而在表現手法獨特。因為小說的人物動作與情節都有很多荒誕、乖謬、異乎尋常之處；這些完全違反現實的地方，卡內提是以冷靜、客觀的寫實筆法來描述的，就像是寫日常生活裡最理所當然的東西似的。

對於已讀過卡夫卡作品的讀者來說，卡內提這種以現實性為框架的荒謬性作風，可以說與卡夫卡一脈相承，例如小說《盲目》的第一部第五節，漢學家認為為了要保護眼睛，就開始閉上眼睛來生活，「我看不到的東西就是不存在的」，又說：「盲目是對抗時間與空間的武器，我們的存在就是龐大的盲目」。小說對人物的動作及思維的描述，可以說是一本正經的，而不是以一種不可思議的筆觸來呈現。所以在這種冷靜、客觀的筆觸下，讀者對小說裡那種灰暗的、悲觀的、自我割離的世界，反應往往是更為恐懼與顫慄。小說的疏離感、孤寂感除了上承卡

卡繆（桂冠出版／提供）

夫卡，也下開撒姆爾・貝克特的三部曲，甚至是卡繆（Albert Camus, 1913-1960）的《異鄉人》（*The Stranger*, 1942），都是些帶有濃厚存在主義色彩的作品。

1940年，在沒有相互影響之下，義大利不約而同地出現一部與卡夫卡、卡內提作品的血源非常相近的小說。這是迪諾・布扎第（Dino Buzzati, 1906-1972）的《韃靼荒漠》（*The Tartar Steppe*, 1933）。這部作品讀之會令人想起卡夫卡的《審判》或《城堡》，因為小說的內容都荒誕不經。《韃靼荒漠》說一個年輕人被派去駐守某一國家北部的軍事要塞，這位年輕軍官到達

【法國】
阿爾貝特・卡繆（Albert Camus, 1913-1960）
●《異鄉人》（*The Stranger*, 1942）

後，發現沒有人知道那地方在哪裡，終於找到那地方之後，就在那裡住下來，而且一住便好多年。可是期間要等的敵人卻一直沒有出現，甚至連敵人是誰也不知道。年輕軍官就在等待中耗盡一生，卻始終等不著所謂的韃靼人入侵。《韃靼荒漠》與《審判》和《城堡》的確十分接近，但這部小說寫成的時間相當早，時為1933年，那時作者在米蘭報紙《晚郵》擔任編輯工作。

布扎第這部小說於1940年出版後也長期受忽略，要到八〇年代才開始有人注意，但仍然不是英語世界裡熟識的一部作品。可是，如果說，英語世界比較熟識的是卡夫卡、卡內提流派的創作，即是那種以現實來框架荒誕，重新思考現實生活的本質與世界現象的意義的小說，則布扎第肯定是其中一脈。布扎第自己在一次訪問中曾提及，認為小說應該是以奇幻的想像與特殊的構思來發揮的。他於另一次談話中又曾說過，現在很多人

【義大利】
迪諾・布扎第（Dino Buzzati, 1906-1972）
●《韃靼荒漠》（*The Tartar Steppe*, 1933）

寫小說是靠敘述童年生活的回憶，或學校、抵抗法西斯入侵戰爭的回憶來寫作，甚至可以說是靠回憶便可以寫小說，卻沒有人真正「創作」小說。他這段話是針對義大利戰後出現的「新現實主義」文學作品而言的；也有可能是義大利「新現實主義」文學作品非常大量，布扎第在戰前便嘗試的創作因而備受忽視。

　　與布扎第的命運大異其趣的，是戰後冒起的義大利作家**伊塔羅·卡爾維諾**（Italo Calvino, 1923-1985）。他也維持了卡夫卡式奇幻、構思荒誕的小說傳統，然而作品廣受國際肯定及歡迎。卡爾維諾最初也是義大利戰後「新現實主義」的大將，二十四歲時寫成的第一部長篇《蛛巢小徑》（*The Path to the Spiders' Nest*, 1947），雖是「新現實主義」一路的筆法，卻已預兆了其後奇幻、荒誕的色彩。《蛛巢小徑》

【義大利】
伊塔羅·卡爾維諾（Italo Calvino, 1923-1985）
● 《蛛巢小徑》（*The Path to the Spiders' Nest*, 1947）
● 《我們的祖先》（*Our Ancestors*）三部曲：《分成兩半的子爵》（*The Cloven Viscount*, 1952）《樹上的男爵》（*The Baron in the Trees*, 1956）《不存在的騎士》（*The Non-Existent Knight*, 1959）
● 《義大利童話故事新編》（*Italian Folktales*, 1956）

雖然是寫二次大戰期間抗德游擊隊的故事，但他在處理義大利游擊隊在森林裡的種種經驗時，已有一種童話化的筆觸。而一種奇幻、荒誕的寫作風格的真正落實，要到1960年出版《我們的祖先》（*Our Ancestors*）三部曲時才出現。《我們的祖先》由三部小說組成，分別是1952年的《分成兩半的子爵》（*The Cloven Viscount*）、1956年的《樹上的男爵》（*The Baron in the Trees*）及1959年的《不存在的騎士》（*The Non-Existent Knight*）。由《分成兩半的子爵》中已看出他後來的整個發展路向，故事講一名子爵在一次衝鋒陷陣中被一個炮彈把他由頭至腳分成兩半，他的右邊生龍活虎地回到自己的城堡，左邊則四處浪蕩，並將所碰見的東西都砍成兩半。《樹上的男爵》表面上是歷史故

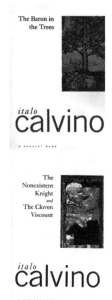

事，寫一個年輕男爵與父親不和，最後藉著一次小衝突，決定憤而離家，在樹上住了六十多年，直到年紀老邁後才乘汽球飄然而去。從這兩部小說的梗概，已可知卡爾維諾在構思上的奇幻荒誕；而與此同時，小說在奇幻的背後還有批判現實一層的色彩。

此外，卡爾維諾編著的《義大利童話故事新編》（*Italian Folktales*, 1956），在重要性方面，可視爲與他的長篇小說等量齊觀的一部著作。這本書除了在國內極受歡迎之外，英文版在英語世界更賣出逾百萬冊之多。卡爾維諾的成就，可以說是既繼承、同時又超越了卡夫卡、卡內提的成績，又與布扎第不一樣。因爲卡爾維諾的小說有抗議精神之餘，並不灰暗，甚至不時有一種近乎節日的喜悅，亦帶童話的色彩。

在戰後的德語世界裡，仍有持續繼承卡夫卡特色的作家。尤其是在五〇年代，當卡夫卡開始為文壇所熟知，甚至開始進入文學殿堂之時。此處只舉兩個例子，一個是烏夫岡・希迪斯海瑪（Wolfgang Hildesheimer, 1916-1991），他在1962年發表了很出名的短篇〈一個世界的終結〉（"The End of a World?"）。小說很明顯是卡夫卡式的，以幻想與現實結合，並用了很多象徵性切入，令小說可作不同角度的多種解釋。這則短篇小說後來更改編為獨幕歌劇，並曾以歌劇劇本形式出版。〈一個世界的終結〉寫一個稱為「我」的角色，去了一個女侯爵的最後晚會，在晚會中，他們身處的島嶼一直下沉，所以小說叫「一個世界的終結」，當中可以有很多不同的解釋。小說也不厭其煩地描述各種細節、經營人物，彷彿真有其人、真有其事。有一些德國論者，甚至將希迪斯海瑪與一些荒誕劇大師級作家如貝克特，以至原籍羅馬尼亞、用法文寫作的尤乃斯科（Eugene Ionesco, 1909-1994）相提並論。

【德國】
烏夫岡・希迪斯海瑪（Wolfgang Hildesheimer, 1916-1991）
● 〈一個世界的終結〉（"The End of a World", 1962）

除希迪斯海瑪之外，另一位是名氣沒那麼大的**賴因哈特・列陶**（Reinhard Lettau, 1929-1996）。列陶的作品多精簡短小，有點像卡夫卡的短篇，都以現實的框架來處理一些荒誕構思。他沒寫長篇，比較出名的是廣播劇，五部短篇小說集亦曾備受矚目。他的作品很濃縮，故事很簡約，往往只是一個小事件、小場面。主題極富存在主義色彩，與卡夫卡有點接近，尤其是對人無法控制命運一點非常相似。列陶的特點是小說語言比較精練，與卡夫卡的白描有點不同。

【德國】
賴因哈特・列陶（Reinhard Lettau, 1929-1996）

拉丁美洲小說的奇幻荒誕

　　卡夫卡在德語文壇逐步被認識後，阿根廷名作家波赫士（Jorge Luis Borges, 1899-1986）以西班牙語翻譯過卡夫卡的作品，便明顯地吸收了他的一些小說構思，以及一些超現實主義的主張。波赫士於1944年出版的小說集《虛構集》（*Ficciones*），就很明顯有卡夫卡式的風格。這本小說集可以說是卡夫

波赫士（桂冠出版／提供）

【阿根廷】

豪赫・路易士・波赫士（Jorge Luis Borges, 1899-1986）

●《虛構集》（*Ficciones*, 1944）

卡進入拉美文壇的一個中介，於是有人視之為後來拉丁美洲在戰後六〇年代魔幻現實主義的先驅。

然而，要分清楚的是，卡夫卡那種奇幻荒誕的傳統在歐洲是其來有自的，與拉美的魔幻現實主義發展自有不同，雖然不得不承認它對魔幻現實應有的影響。而在拉丁美洲，也可看到有些作家承繼了卡夫卡這個傳統。換言之，並非所有寫作風格奇幻荒誕的小說作家，都必然走上魔幻現實主義之路。如以西班牙語寫作的阿根廷女作家**西維娜‧奧坎波**（Silvina Ocampo, 1903-1993），於1937年便出版了第一部小說集；主要是受超現實主義影響，曾跟超現實主義畫家齊里珂，以及立體派的代表人物萊歇習畫，所以其文藝血源應該屬於超現實主義系譜。奧坎波1937年

【阿根廷】
西維娜‧奧坎波（Silvina Ocampo, 1903-1993）

出版了第一部短篇小說集後，1935年才出版第一部小說集的波赫士，曾把奧坎波的小說集推崇爲阿根廷小說的里程碑，可見對她小說的評價極高，雖然她的小說在英語世界比較少人認識。奧坎波在三〇年代的小說，已突破了南美洲老派的現實主義、老派的自然主義的框架，呼應西歐的前衛實驗，洋溢著幻想荒誕的卡夫卡特色。然而，一如上文所說，她不一定完全受卡夫卡的影響，反而比較明顯是受超現實主義的啓導。

奧坎波的丈夫**阿道弗・比奧伊・卡薩雷斯**（Adolfo Bioy Casares, 1914-1999）的作品如《莫雷的發明》（*The Invention of Morel*, 1940）也有類似的風格。雖然在1940年就備受波赫士推

崇，後又得諾貝爾文學獎得主加西亞・馬奎斯（Gabriel Garcia Marquez, 1928-）撰文推介，但在名氣上可能比不上妻子。直到1990年，阿道弗・比奧伊・卡薩雷斯才得到一個遲來的榮譽，獲得西班牙頒給全世界用西班牙語寫作的塞萬提斯獎。奧坎波那種虛幻荒誕的成就除了

【阿根廷】
阿道弗・比奧伊・卡薩雷斯（Adolfo Bioy Casares, 1914-1999）
● 《莫雷的發明》（*The Invention of Morel*, 1940）

受波赫士推崇備至之外，卡爾維諾對她也十分欣賞，曾說她的小說「捕捉了我們的鏡子裡隱藏和封鎖的面孔」。

用葡語寫作的巴西小說大師若熱·阿馬多（Jorge Amado, 1912-2001）曾說過，奧坎波、波赫士、加西亞·馬奎斯是西班牙語創作的領袖人物。由此可見奧坎波的文學地位其實是相當崇高的，只可惜一直被世界文壇忽略而已。她的寫作路線及成就，基本上是用超現實的模式來反省思考現實的意義。與她的情況相類近的，還有另一位阿根廷作家**胡里奧·葛塔薩**（Julio Cortazar, 1914-1984），1954年出版的短篇《遊戲終結》（*End of the Game*），便糅合了幻想、玄祕、神奇的特質。

此外，同樣路線的還有墨西哥的女作家**安帕羅·達維拉**（Amparo Davila, 1928-），作品以詩為主，在五〇年代末、六〇年代初則有相當多的短篇小說，題材以家庭生活及傳統社會的桎梏為主，如寫生活對女性的束縛，寫作風格是幻想與現實結

【阿根廷】

胡里奧·葛塔薩（Julio Cortazar, 1914-1984）

● 《遊戲終結》（*End of the Game*, 1954）

【墨西哥】

安帕羅·達維拉（Amparo Davila, 1928-）

合，亦即以寫實的筆觸來處理荒誕的構思。在這方面仍可說是繼承卡夫卡的路線，只是將題材移至比較家庭層面、男女關係，以及傳統日常生活的範圍內。達維拉短篇的成就不能與奧坎波相比，但也自有她的獨特之處。

魔幻現實主義

　　卡夫卡式的奇幻荒誕，常被說成拉丁美洲魔幻現實主義的一個重要啓蒙，然而，除卡夫卡的影響之外，另一條線索應爲超現實主義。幾乎所有二戰前投身文藝的拉美重要作家，都曾直接或間接投身超現實主義運動。

　　第一個提出魔幻現實這個術語的，是古巴小說家**卡彭鐵爾**（Alejo Carpentier，1904-1980）。卡彭鐵爾長居歐洲，雖然一向支持卡斯楚，但終其一生都住在法國。卡彭鐵爾提出，這種奇幻、荒誕或超現實在拉美日常生活中是尋常可見的，因爲在政治及社會現實裡發生的事件，本來就匪夷所思，已不是「創作」

【古巴】
阿萊浩・卡彭鐵爾（Alejo Carpentier, 1904-1980）

出來的奇幻，而是可觸可感的實事。再者，拉美的土著神話、民俗傳說裡的超現實及神奇成分，也不難在日常生活中碰見，例如巫術等，而一般人仍透過信仰來認知世界。因此，對卡彭鐵爾來說，奇幻荒誕本來就是現實的一部分，再加上神話、魔法、巫術也是日常生活的一部分，因而以超現實的奇幻來處理拉丁美洲經驗，根本就是一種建基於現實的手法，他不認為那是一種超脫於一般認知的寫作手段。所以，他提出「魔幻現實主義」來與傳統的現實主義略作區分，也藉此標出拉丁美洲的特色。

卡彭鐵爾提出「魔幻現實主義」其實是帶相當批評性的。後來瓜地馬拉小說家阿斯杜里亞斯（Miguel Angel Asturias, 1899-1974）發表長篇《總統先生》（*The President*, 1946）時，就顯然進一步落實了卡彭鐵爾的講法。阿斯杜里亞斯本人對馬雅文化與神話很有興趣，長期以來反對瓜

【瓜地馬拉】
米蓋爾‧安赫爾‧阿斯杜里亞斯（Miguel Angel Asturias, 1899-1974）
●《總統先生》（*The President*, 1946）

地馬拉的軍事獨裁統治。他在1946年出版的《總統先生》就是
對當時獨裁軍事政府的批判及猛力抨擊。

　　墨西哥小說大師**卡洛斯・富恩特斯**當然非常肯定兩位拉丁美
洲前輩作家在魔幻現實主義方面的努力及嘗試，尤其是瓜地馬
拉的阿斯杜里亞斯及古巴的卡彭鐵爾。富恩特斯一再強調這兩
位前輩小說家與法國超現實主義淵源深厚，並且是該運動的朋
友。富恩特斯認為，拉丁美洲的魔幻現實主義，其實是對法國
超現實主義的回應，而這兩位前輩小說家也都認為拉丁美洲有

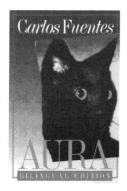

自己的「超現實」，不必外求。但富因特斯
則認為，六〇年代拉美魔幻現實主義的爆
炸期，包括他本人在內，除魔幻現實的作
風之外，還有「哥特」（gothic）風，即是
指可怖、詭異、殘酷的題材。富恩特斯本
人的小說《奧拉》（*Aura*, 1962），一般被視
為乃「哥特」風的代表作。這種「哥特」

【墨西哥】
卡洛斯・富恩特斯（Carlos Fuentes, 1928- ）
●《奧拉》（*Aura*, 1962）

風是指可怕及殘酷，亦因爲是拉美社會中不幸常見的現實，所以在個別作品中與魔幻現實結合。而「哥特」風有時亦包含怪誕（grotesque）風格。怪誕不同於荒誕，乃專指人物在生理或精神上的所謂非正常、扭曲等可以驗證的表徵；而有怪誕性的人物特徵，經常會與「哥特」風結合。所以，魔幻現實的批判性，在於現實生活中正正有很多難以接受的、帶「哥特」風和怪誕的現實，包括可怖的生活遭遇，人物因政治逼迫而肉體變形、精神扭曲。

　　魔幻現實其實是有社會政治批判性的，這種批判性經作家的想像力發揮後有時會令小說變得特別引人入勝。然而，魔幻現實主義本身的歷史特色恐怕不能架空來看，在其他地方閱讀這類小說時，不能不考慮其興起的歷史因素。而將魔幻現實主義發揮得最淋漓盡致，將奇幻荒誕、超現實、神話和傳說結合得最水乳交融的，大概是加西亞·馬奎斯的《百年孤寂》（*One Hundred Years of Solitude*, 1967）。出生於1928年的加西亞·馬奎

【哥倫比亞】

加夫列爾·加西亞·馬奎斯（Gabriel Garcia Marquez, 1928-）

● 《百年孤寂》（*One Hundred Years of Solitude*, 1967）

斯後來憑1967年寫成的這部力作，奪得諾貝爾文學獎，並因為《百年孤寂》的暢銷，令魔幻現實主義全面推向世界文壇。

拉丁美洲方面除了有上述以西班牙語寫作的重要作家之外，還有以葡萄牙語寫作的巴西小說家若熱・阿馬多（Jorge Amado, 1912-2001）。他在五、六〇年代的小說中也運用了類似的手法。阿馬多的小說絕大多數故事性濃厚，以巴西的地域色彩作為小說重點，尤其是巴西東北地區那種荒涼高地，以至海濱市鎮、農莊等都成了其小說的背景。主角通常是一些比較貧窮的小人物或勞動大眾，文字也很口語化。他寫於五、六十年代的作品，不但風行巴西，而且譯成西方多種語言後亦普受歡迎。他寫於1966年的《符樂雅和她的兩個丈夫》（*Dona Flor and Her Two*

【巴西】

若熱・阿馬多（Jorge Amado, 1912-2001）

● 《符樂雅和她的兩個丈夫》（*Dona Flor and Her Two Husbands*, 1966）

Husbands），也開始用了一些會被視爲魔幻現實主義的手法，如符樂雅其中一個已死去的丈夫的鬼魂會一直觀察符樂雅的生活，甚至試圖干預她。阿馬多的作品在魔幻方面可能不是受超現實主義或卡夫卡的影響，而比較多是來自巴西的非洲傳統，尤其是來自非洲移民的民間宗教迷信。他將民間宗教信仰與小說情節結合，變爲另一種神話化，未必那麼具有社會批判性。阿馬多的小說可視爲拉美魔幻現實主義的一個支流。

魔幻現實主義的大潮下，無論被視爲先驅式的、卡夫卡式的波赫士，又或者是加西亞·馬奎斯，在七、八〇年代均廣受注意及歡迎，於是令很多讀者及評論家將魔幻現實這傳統與卡夫卡奇幻荒誕的傳統混爲一談，甚至將所有後來出現的一些很明顯是卡夫卡傳統的作品，也會誤以爲是魔幻現實，例如1998年諾貝爾文學獎得主葡萄牙小說家**若澤·薩拉馬戈**（Jose Saramago, 1922-）。薩拉馬戈基於左派的一貫立場，作品向多批判社會的不公。然而，八、九〇年代的作品則充滿奇幻色彩，

【葡萄牙】
若澤·薩拉馬戈（Jose Saramago, 1922-）
● 《石筏》（*The Stone Raft*, 1986）
● 《盲》（*Blindness*, 1995）

如1986年的《石筏》(*The Stone Raft*)。西班牙及葡萄牙於1986
年正式加入歐洲共同體，《石筏》寫西葡半島與整個西歐大陸

突然崩脫，飄流出海，很多評論家都將這情
節設計視為是對葡歐關係、以及葡萄牙與前
殖民地關係的省思。小說固然有其象徵性，
文字的實驗性也很強，部分文句有時甚至放
棄標點符號。這種構思很清楚不是一般的傳
統寫實框架，但是有時也借用歐洲傳統現實
主義裡，說書人可以現身插入情節、評頭品
足、表示立場、發表意見的做法，可以說是

舊瓶新酒的處理。薩拉馬戈在二十世紀的八
〇年代對小說技巧的實驗，其實是將過去歐
洲原有的一些傳統加以結合，例如流浪漢冒
險小說那種輟段式的鬆散結構，原有的歐洲奇幻(fantasy)文
學傳統，以至重新搬出說書人這種技法。1995年的《盲》
(*Blindness*)寫一個城市忽然出現一種傳染病，令人會逐步致

盲。這構思的奇幻色彩也十分鮮明，某程度上令人想起尤乃斯科的荒誕劇代表作《犀牛》（*Rhinoceros*, 1959）。薩拉馬戈的《盲》可讀性相當高，吸引之處不單是來自構思的抽象性，還來自小說的故事性與可讀性，並非簡單地是荒誕小說的另一次演繹而已。

薩拉馬戈自己曾提過，他的小說沒有受拉美魔幻現實的影響，也不是受卡夫卡的影響，反而是回到從前歐洲極少數的奇幻色彩的民間文學，以及極少數的文人作品的小傳統裡。雖然作者本人加以否定，但是他試圖以荒誕奇幻來作象徵式的批評這一點，肯定與卡夫卡一脈相承；分別只是他的批判可能來得比較鮮明，小說技巧的多樣性與實驗性也遠超出卡夫卡的框架而已。所以，薩拉馬戈在二十世紀八、九〇年代的作品，是再次大大翻修了卡夫卡的模式，令我們重新在一種奇妙的角度下質疑世界、思考現實、叩問人生。

魔幻現實在拉美外的開展

　　雖說魔幻現實主義的其中一支血源來自卡夫卡，但在九〇年代卻回饋德國文壇，影響了作家如漢斯·克里斯多夫·布克（Hans Christoph Buch, 1944-）。布克十九歲獲邀加入德國戰後影響最大的文學團體「四七社」。1966年出版第一本短篇小說集，之後再出版了五本短篇小說集、兩部長篇小說，以及好幾本散文集。布克在九〇年代有一部以海地為背景的作品，即完全受魔幻現實主義的影響。與作者本人對談時，他便明確提到此點。雖然布克早年的作品有點像賴因哈特·列陶，也就是說早年有一些卡夫卡式的作品，但在九〇年代反而受魔幻現實主義

【德國】
漢斯·克里斯多夫·布克（Hans Christoph Buch, 1944-）

魯西迪（張鐵志／攝）

所感染。

　　由此例可見，魔幻現實主義對戰後出生那一代有比較廣泛的影響，在布克的同輩作家身上也看到相若的情況，例如已入籍英國的印裔小說家**魯西迪**（Salman Rushdie, 1947-）。1981年，魯西迪以他出版的第二本小說《午夜之子》（*Midnight's Children*），取得英國頒給所有原屬大英國協的英語小說家的年度文學獎，並以此書揚名國際文壇。此小說以印度獨立前後的幾十年歷史爲大背景，從而烘托個別人物的小際遇。小說以魔幻現實的手法，上下古今混合，並以神話、傳說糅合夢幻與日常生活。在題旨上，是對印度的國族意識重新探討，而且對帝國主義與殖民主義有所批判。而於1988年引起重大風波，並令伊朗神權政府對魯西迪發出格殺令的小說《魔鬼詩篇》（*The Satanic Verses*），基本上亦沿襲魔幻現實的手法，

【英國】

沙爾曼‧魯西迪（Salman Rushdie, 1947-）

● 《午夜之子》（*Midnight's Children*, 1981）

● 《魔鬼詩篇》（*The Satanic Verses*, 1988）

小說中兩個主角遇到恐怖襲擊的空難，由天上跌落人間，不但沒有粉身碎骨，而且一個變成天使長，另一個變成魔鬼撒旦。在題旨上，這本小說繼續採用一種喻意的方式來質疑帝國主義，並詰問後殖民時期的困惑。這本小說因為引起國際風波，九〇年代初的討論，大多針對褻瀆回教教義的問題。此舉轉移了大家的注意力，令大家忽略了小說中對拉美魔幻現實主義的吸收運用。

另一位也是因為得布克獎而一舉成名的英語小說家是奧克瑞（Ben Okri, 1959-），原籍尼日利亞，後來到英國讀書，在BBC工作，並定居於英國。1999年奧克瑞在布克獎的得獎作《飢餓的道路》（*The Famished Road*, 1991）裡也用上了魔幻現實的手法，小說以抒情的筆調寫魂靈追尋自己的歸所，從中探討國族身分及

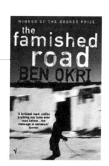

【英國】
班・奧克瑞（Ben Okri, 1959-）
● 《飢餓的道路》（*The Famished Road*, 1991）

後殖民情況。這種構思也可視爲非洲民間信仰的體現，不一定要與魔幻現實掛勾。

　　魔幻現實主義七〇年代在華文世界也有橫的移植。香港作家如也斯（1948-）的〈李大嬸的袋錶〉（見台北洪範版《現代中國小說選》第五卷），應該是吸收了這方面養分而寫出來的。而西西（1938-）的一些作品，多少也可能受這方面的影響。台灣解除軍事戒嚴後，張大春（1957-）的《四喜憂國》（1987）也有魔幻現實色彩。而八〇年代中國大陸改革開放以來，通過翻譯，莫言（1959-）的長、中、短篇內，也吸收了加西亞・馬奎斯的魔幻現實主義。

西西（西西／提供）　　　　張大春（陳文發／攝）　　　　莫言（麥田出版／提供）

【香港】	【台灣】
也斯（1948-）	張大春（1957-）
●《李大嬸的袋錶》（1976）	●《四喜憂國》（1987）
【香港】	【中國】
西西（1938-）	莫言（1959-）

上述是亞洲區一些類近魔幻現實主義的作品舉例。至於卡夫卡式奇幻荒誕的風格，則可以在日本**安部公房**（1924-1993）1962年的《沙丘之女》及1964年的《他人之顏》裡讀到。《沙丘之女》被譯成多國語言，更拍成電影，在西方廣爲流傳，就更爲熟知。他的構思其實十分接近卡夫卡的長篇，都是對人類存在的情景之喻意式省思。《沙丘之女》講一個昆蟲學家被困在一個沒辦法逃出去的沙丘城鎮裡，被迫與一個女子同居，並要無休止地將不斷入侵的沙鏟出屋外，小說在結尾提出一個問題：究竟存活是爲了鏟沙，還是因爲鏟沙而能夠生存下去。

安部公房

【日本】

安部公房（1924-1993）

● 《沙丘之女》（1962）

● 《他人之顏》（1964）

在華文小說界，似乎上述卡夫卡式的影響比較少見。早在六
〇年代，**叢甦**（1939-）有一篇刊於《現代文學》的小說〈盲獵〉
（1960）明顯模仿卡夫卡，但只是卡夫卡的寓言式敘述，而缺乏
奇幻色彩。

【台灣】
叢甦（1939-）
●《盲獵》（1960）

完全抽離現實世界的小說類型

　　上文提及的小說，是以奇幻、荒誕、魔幻等超現實的構思、配合寫實手法的框架而寫成的；這些小說雖然奇幻荒誕，卻仍然是落實在現實世界裡的故事。在二十世紀裡，倒有一種小說，並不落實於眼前可以認知的現實之上，它們大多流行通俗，亦有少數嚴肅認真，這就是一般泛稱的科幻小說。

　　二十世紀的科幻小說，一般評論者認為有三部代表作。第一部是英國小說家**赫胥黎**（Aldous Huxley, 1894-1963）的《美麗新世界》（*A Brave*

【英國】
阿爾度斯・赫胥黎（Aldous Huxley, 1894-1963）
●《美麗新世界》（*A Brave New World*, 1932）

New World, 1932），至今風行。這本小說寫一個世界用科學性的層階制來維持社會穩定，人被評為不同級，不同級的人經人工受孕後，再集體培育以完成其社會命運。小說明顯是要探討個人自由與集權、個人與集體之間的種種矛盾。

喬治‧歐威爾

另一部與赫胥黎《美麗新世界》齊名的小說，是1949年英國小說家**喬治‧歐威爾**（George Orwell, 1903-1950）的《1984》。小說描述一個極權勢力由「老大哥」統領，控制了所有思想，有所謂「思想警察」及「思想罪」，小說有一名言：「老大哥監視著你」。這本小說有人認為是對史達林時期極權控制的喻意及批判，但一般視為是科幻、反烏托邦的小說。

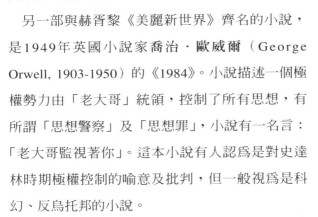

薩爾馬丁

而直接影響歐威爾《1984》的，是蘇聯作家**薩爾馬丁**（Yevgeny Zamyatin, 1884-1937）。他在1924年出版的《我們》（We）以反烏托邦的調子來寫極

【英國】

喬治‧歐威爾（George Orwell, 1903-1950）

●《1984》（1949）

【蘇聯】

耶夫根尼‧薩爾馬丁（Yevgeny Zamyatin, 1884-1937）

●《我們》（We, 1924）

權控制，明顯地是寫作者本人在蘇聯極權時代的情況。那時的俄國在大革命後理想逐步幻滅，小說對後來言論及思想箝制有所批判，以未來式來表達。小說出版時被禁，但在蘇聯境外得以再次出版。薩爾馬丁1931年得高爾基的幫助，流亡國外。

一般而言，這幾部小說都被認爲是二十世紀反烏托邦的重要作品。小說裡的時空都投射於未來，都對未來不太樂觀，實質是對當時狀況有所不滿的反映。晚近聲譽日隆的美國小說家菲力普·迪克（Philip Dick, 1928-1982）於1968年出版了他最有名的一部長篇科幻小說《機器人會否夢見電子羊》（*Do Androids Dream of Electric Sheep?*, 1968），小說也以未來世界爲背景，寫一些完全是人模人樣的機器與人類混居。小說對科技與人類主體性之間相輔相成、又相互矛盾的關係有所探討，基本上也是反烏托邦式的灰暗調子；1982年拍成電影《銀翼殺手》

【美國】
菲力普·迪克（Philip Dick, 1928-1982）
●《機器人會否夢見電子羊》（*Do Androids Dream of Electric Sheep?*, 1968）

（*Blade Runner*）。這本小說中的主題，如反烏托邦、反思科技對人的箝制，在其他作品中持續不斷地變奏出現。例如2002年夏天上片的《關鍵報告》（又譯《少數報告》*Minority Report*）就是以同名小說改編而成。而1999年的賣座影片《魔鬼總動員》（*Total Recall*），則根據另一短篇 "We Can Remember It for You Wholesale" 改編。

菲力普‧迪克今天已被視為進入美國主流文學界的科幻小說家，超脫過去以科幻小說為通俗文類的定位。但另一方面，也有不少一般視為認真嚴肅的作家，亦用科幻類型來探討他們最關心的問題，例如在非洲成長、再回英國定居的朵麗絲‧萊辛（Doris Lessing, 1919-）。萊辛在1979至1983年間經營了一套五部曲的太空小說，摒棄現實主義模式，探討人類在環境變遷後的生存問題。而她在此嘗試之前，其實是以現實主義作品成名的，並以寫於1950年的小說《草兒在歌唱》（*The Grass Is Singing*）馳譽文壇。五○年代也寫了相當多的短篇小說，對男女之間的複雜關係有相當深入的探討，終在1962年的名作《金

【美國】

朵麗絲‧萊辛（Doris Lessing, 1919-）

● 《草兒在歌唱》（*The Grass Is Singing*, 1950）

● 《金色筆記》（*The Goldern Notebook*, 1962）

色筆記》（*The Goldern Notebook*）
裡開花結果。《金色筆記》今天一
般視為闡釋女性主義的鉅著，但萊
辛於五〇年代寫成的短篇，其實已
逐步朝向這部大書進發，而《金色
筆記》今天更被視為女性主義運動的里程碑。然而，萊辛最出
人意表的，莫過於以科幻小說來表達對全人類的關心，此舉提
升了她的小說視野，並突破她原有局限於女性身分之探討。

二十世紀的小說有一些很具代表性的變遷，而當中第二次重
大的革命，或是第二條重大的路線，是奇幻的想像；歷經卡夫
卡到萊辛的變化，由仍以現實為框架的敘述，進而至於完全放
棄現實為框架的發展；就這進程而言，科幻小說肯定是二十世
紀裡逐步成熟的小說類型，而通過大量由科幻小說改編而成的
電影，也令此類型的小說得以更為普及。以科幻的想像來思考
人類處境，可說是已然確立的一種文類與文學空間。

路程三　寫實基調的變奏

3 現實主義的批判性

在路程一，我們看到由外在轉向內在，是二十世紀小說敘述最具典範性的變遷，在二十一世紀初的今天回顧這段文學史，雖仍然覺得這變遷非常重要，而且遍及全球，但綜觀整個二十世紀各地小說的主流發展，在十九世紀成為最成熟、最多采多姿的現實主義，其實仍然是二十世紀小說整體的基本調子。換言之，在寫作的人數及產量、以至質素而言，現實主義在二十世紀仍然是主要的路線。事實上，假如它不是主流，也不會有高呼要轉入內心的革命口號。可是，另一方面，現實主義在二十世紀的發展亦非一成不變、單純沿襲過去十九世紀的模式而已，其實也有相當多的變奏。

路程三會分幾個方向來追溯這變奏。

1.現實主義的傳承

首先要強調，儘管我們將現實主義看成是在十九世紀已發展至淋漓盡致的小說模式，但是文學寫作，不是簡單地隨時間的紀年可以一刀切來作階段性的劃分，例如說十九世紀必然如何、二十世紀必然怎樣。文學的轉化、變遷、成長、壯大有一定的過程，而且是相當緩慢的潛變。此外，文學寫作不同於科學，並無後出必然轉精、新作必然勝於舊作的規律。文學上並無進化論這回事。這也是文學能夠超越時空、長存不朽的因素。

由時序上看，十九世紀最偉大的現實主義小說家托爾斯泰（Leo Tolstoy, 1828-1910），於二十世紀初才去世，去世前仍續有作品，因此如一定要由世紀的劃分來看文學問題，則托爾斯泰尚有一段尾聲是屬於二十世紀的。而步入二十世紀，瑞典皇家學院於1901年舉辦第一屆諾貝爾文學獎時，本來就考慮將文學獎頒給托爾斯泰，最後認爲他的「泛神論」有可能引起爭議，才將首屆文學獎贈予法國詩人蒲魯東；這決定甚至引起瑞典當時所有

托爾斯泰（桂冠出版／提供）

【俄國】
李奧‧托爾斯泰（Leo Tolstoy, 1828- 1910）

著名作家的公開抗議。

　由此可見，在世紀之交，托爾斯泰在國際文壇的地位無與倫比。而在將近二十年後，力主內心化的急先鋒、英國小說家維琴尼亞・吳爾夫在猛烈批評現實主義的外在性之餘，仍然肯定托爾斯泰爲歷史上最偉大的小說家。

　另一方面，在英語學界，備受忽略的西班牙現實主義小說大師佩雷斯・戈爾度斯（Benito Perez Galdos, 1843-1920）

佩雷斯・戈爾度斯

【西班牙】
班尼度・佩雷斯・戈爾度斯（Benito Perez Galdos, 1843-1920）

在1843年出生後，亦遲至1920年才辭世，他的作品直至進入二十世紀仍然充滿生機，是類近巴爾扎克式的現實主義作風，個別作品亦結合狄更斯對社會黑暗面的尖銳批判性。

家族史小說

　　而西班牙的鄰國葡萄牙，雖然文學傳統不以小說見稱，尤其是長篇小說，然而葡萄牙文學評論界，以及其他國家的學者一般都公認，1845年出生的艾澤・狄・基羅斯（Eca de Queiros, 1845-1900）不單是葡萄牙現實主義的小說大師，他的成就亦足以躋身現實主義歐洲的廟堂而毫不遜色。基羅斯的小說，對貴族階級的文化崩敗有深刻的探討，代表作是

艾澤・狄・基羅斯

【葡萄牙】
艾澤・狄・基羅斯（Eca de Queiros, 1845-1900）
●《馬雅一家》（*The Maias*, 1888）

1888年的《馬雅一家》（*The Maias*）。只不過基羅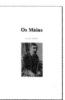
斯於1900年便去世，雖然他的影響在葡萄牙文學界
非常深遠，就因爲太早去世，一般論者才不會把他
視爲二十世紀的作家。換言之，假如他稍爲再長壽
一些，肯定會在二十世紀仍有一段發展。《馬雅一家》這部大
型現實小說，與二十世紀相當多的現實主義長篇小說是一脈相
承的，小說通過一個家族的歷史變遷，來反映、刻畫當時的社
會、文化和歷史風貌。這種家族史小說（family saga）的現實
主義模式，在1901年的世紀初，即基羅斯去世後一年，就出現
一部至今仍備受重視、普受歡迎的《布登普魯克家族》
（*Buddenbrooks*），這部家族史小說是德國作家湯馬斯・曼
（Thomas Mann, 1875-1955）公認的代
表作。湯馬斯・曼晚年的小說在很多評
論家眼中，反而不及《布登普魯克家族》
那樣有代表性。而小說所探討的頹廢、
沉淪、藝術家的孤寂、布爾喬亞階級的

湯馬斯・曼

【德國】
湯馬斯・曼（Thomas Mann, 1875-1955）
●《布登普魯克家族》（*Buddenbrooks*, 1901）

放縱及崩敗，雖然在他後來的作品中仍不斷出現，但是藝術成就則恐怕無一能及早年的《布登普魯克家族》。

高爾斯華綏

在英語世界方面，與湯馬斯・曼一樣得諾貝爾文學獎的**高爾斯華綏**（John Galsworthy, 1867-1933），在1922年出版的《科爾賽特世家》（*The Forsyte Saga*）也是一部經營多年才寫成的家族史小說。小說以三代人的經歷，將英國維多利亞時期工業革命所帶來的種種家庭變遷、社會變化，作相當戲劇化的捕捉。後來以形式主義為主的評論界，在內心化論點當道時，對高爾斯華綏的評價不高，但是《科爾賽特世家》在英國出版界始終是長銷書。小說在六〇年代後期及二十一世紀初兩次改編成電視連續劇，風靡一時，可見其故事在歷經世變後仍能引人入勝。

【英國】
約翰・高爾斯華綏（John Galsworthy, 1867-1933）
●《科爾賽特世家》（*The Forsyte Saga*, 1922）

在後進地區開枝散葉

　　西方現實主義對亞洲、非洲、拉丁美洲的小說在二十世紀的發展有重大影響。以中國爲例，1919年五四運動之後，中國現代小說主要借鑒的敘述形式，可以說就是西方的現實主義；幾乎所有作品都是在此模式下寫作而成。

　　二次大戰後，亞洲不少地方紛紛獨立，印度、印尼等地的小說家，亦以現實主義爲寫作最基本的典範。印尼獨立前後出現的小說家普拉姆迪亞・阿南達・杜爾（Pramoedya Ananta Toer, 1925-2006），在造詣逐步成熟後，推出現在有時稱爲「爪哇四部曲」的作品，以家族史小說的大格局，刻畫、勾勒印尼由荷蘭殖民

統治至獨立的掙扎。四部曲包括《這塊全人類的大地》（*This Land of All Mankind*）、《眾邦之子》（*Son of All Nations*）、《足跡》（*Footsteps*）、《玻璃房子》（*The Glass House*）。阿南達·杜爾由於長期下獄，筆記、資料、文稿全部被毀，只能憑記憶在流放的島嶼監獄中不斷口述，以免遺忘。因此，這四部曲要遲至1973年才能正式執筆，而遲至1980年（出獄後第二年）才開始出版。這四部曲所代表的，不單是印尼小說的重大成就，也是現實主義在第三世界或後進地區，仍然是有力有效的敘述模式的一大明證。此外，從阿南達·杜爾一例更加說明了，現

【印尼】

普拉姆迪亞·阿南達·杜爾（Pramoedya Ananta Toer, 1925-2006）

●爪哇四部曲（1973-1980）：

《這塊全人類的大地》（*This Land of All Mankind*）

《眾邦之子》（*Son of All Nations*）

《足跡》（*Footsteps*）

《玻璃房子》（*The Glass House*）

實主義的生命力，在不同地區的歷史及文化發展中，仍然可以扮演現實主義在十九世紀顛峰時期的角色。而阿南達・杜爾的四部曲，亦堪稱爲二十世紀晚期現實主義最偉大的成就。

　　另一方面，北非的埃及歷經法國及英國的殖民統治，以阿拉伯語寫作的**納吉布・馬富茲**，在1956至1957年間出版的《開羅三部曲》（*Cairo Trilogy*），包括《宮間街》、《思宮街》、《金露街》，亦爲現實主義在阿拉伯世界的代表作。這小說通過埃及一個中產階級家庭的變遷起伏，透視二十世紀埃及的歷史、社會、文化的重大流變，上溯1919年革命前夕，下迄1952年法魯克皇朝敗亡前後，涵蓋面極大，是阿拉伯語世界最雅俗共賞的一部大小說，亦可視爲埃及由殖民地走向獨立的文化主體的藝術塑造。由這例子再次印證，現實主義於二十世紀中後期來到後進地區，重獲生命力之餘，亦爲後進地區的小說創作灌注新刺激。

【埃及】
納吉布・馬富茲（Najib Mahfuz, 1911-2006）
● 《開羅三部曲》（*Cairo Trilogy*, 1956-57）：
　《宮間街》（*Palace Walk*）
　《思宮街》（*Palace of Pesire*）
　《金露街》（*Sugar Street*）

同樣，在拉丁美洲，葡萄牙舊殖民地巴
西，被譽爲巴西文學之父的馬查多・德・
阿西斯（Machado de Assis, 1839-1908），
開始時也以現實主義登上文壇，而步入二
十世紀初，小說家亦能夠自發地引入心理
活動的探討，其後甚至以這方面的成就見
知於歐美文壇。馬查多・德・阿西斯對敘
事角度（人稱）也很自覺，因此其筆下常
見之第一人稱敘事者眼中的眞實，並不全
面，也不完全正確，讀者要重新詮釋推
敲。在馬查多・德・阿西斯身上，可以看
見拉丁美洲仍普遍以十九世紀現實主義
（包括家族史長篇）爲表現模式之同時，
也見到一位文學大師，能夠摸索出類近現
實主義在二十世紀初期歐洲的轉變。馬查
多・德・阿西斯筆下的巴西生活，通常都

馬查多・德・阿西斯

【巴西】

馬查多・德・阿西斯（Machado de Assis, 1839-1908）

● 《布拉茲・富巴斯的死後回憶》（*The Posthumous Memoirs of Bras Cubas*, 1891）

● 《堂卡斯慕羅》（*Dom Casmuro*, 1900）

困頓、挫敗、令人失望，而人生的艱難困苦，更往往透過嘲諷的視野展示出來。作家有短篇小說二百多則，長篇小說代表作有《布拉茲・富巴斯的死後回憶》（*The Posthumous Memoirs of Bras Cubas*, 1891）和《堂卡斯慕羅》（*Dom Casmuro*, 1900）。

　　而在拉丁美洲魔幻現實主義蓬勃之前，現實主義，尤其是類近狄更斯式的社會批判、揭露黑暗，一直也是拉丁美洲小說的主流，相對來說，內心化及其他現代技巧的嘗試就較為有限，亦普遍至五〇年代後才受到讀者及評論界認受。有趣的是，現實主義小說裡家族史長篇在拉丁美洲魔幻現實主義流派中有一種奇特的顛覆，亦即是將魔幻寫實套入家族史長篇。在拉美魔幻小說裡的家族，往往以一個大家長、家族獨裁者來代表政治上的獨裁統治，而在拉丁美洲二十世紀發展史上，遺憾地不少國家正正都有類似的家族獨裁者存在。因此，哥倫比亞的**加西亞・馬奎斯**1975年的《族長的秋天》（*The Autumn of the Patriarch*）正是這樣的一部作品。在此之前，巴拉圭的**羅亞・**

【哥倫比亞】
加夫列爾・加西亞・馬奎斯（Gabriel Garcia Marquez, 1928-）
●《族長的秋天》（*The Autumn of the Patriarch*, 1975）

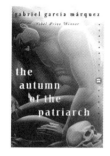

巴斯托斯（Augusto Roa Bastos, 1917-）亦有名著《人之子》（*I, the Supreme*, 1960）。

祕魯的巴加斯‧略薩於2001年出版的長篇小說《山羊之饗宴》（*The Feast of the Goat*），以加勒比海多明尼加共和國獨裁者Joaquin Balaguer Ricardo 的一生作題材。這位獨裁者自1961年統治多明尼加共和國，至2002年7月才以九十五高齡去世。而最有趣的是，獨裁者本來是個醫生、文人，有很多詩作，一生充滿各種矛盾。獨裁者的家族、朋友，長期以來搶掠國庫資金及公共建設投資，成為拉丁美洲一個老式

的、政治上採取高壓手段的獨夫政權。而另一有趣之處，是巴加斯‧略薩經過多年研究才寫出來的小說，出版時獨裁者尚未去世，而巴加斯‧略薩本人亦曾競逐祕魯總統，對

【巴拉圭】

羅亞‧巴斯托斯（Augusto Roa Bastos, 1917-）

● 《人之子》（*I, the Supreme*, 1960）

【秘魯】

馬里奧‧巴加斯‧略薩（Mario Vargas Llosa, 1936-）

● 《山羊之饗宴》（*The Feast of the Goat*, 2001）

權力與文學之互動，又另有一番觀察。

　　拉丁美洲的傳統家族史長篇，似並沒有能與歐洲、英國媲美的成就；但以獨裁的家父長制統治為家族史長篇的主要內容，在魔幻現實主義的觀照下，倒令這類小說歷史色彩獨特且詭異。

2.現實主義的地域色彩

福克納寫作的書房一景。（桂冠出版／提供）

英美的地域主義

　　英國小說家維琴尼亞‧吳爾夫猛力抨擊現實主義的外在性時，以當年極爲風行的英國小說家**阿諾德‧班奈特**（Arnold Bennett, 1867-1931）爲「反面教材」，以凸顯其內心化的訴求。班奈特早在1902年以《五城區的安娜》（*Anna of the Five Towns*）贏得評論界的肯定、廣大讀者的歡迎，其後不少作品均以Midlands的五城區爲大背景，寫成富地域色彩的一系列作品。

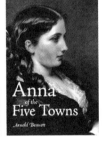

阿諾德‧班奈特

【英國】
阿諾德‧班奈特（Arnold Bennett, 1867-1931）
●《五城區的安娜》（*Anna of the Five Towns*, 1902）

所謂地域色彩，是指當地景觀、日常口語、風俗習慣、生活特色等元素。今天回顧班奈特的五城區系列小說，仍然值得肯定的，是他為那個地域當時的獨特色彩留下了不可磨滅的描繪。只是，後來由於現代主義進佔學院教程，班奈特從而被冷落，其實這不過是際遇問題而已。談地域色彩或地域主義小說，其實是指相輔相成、辯證結合的關係，即是如沒有這個地域，就沒有這些作品的特色；而假如沒有這位地方作家的出現，又成功捕捉這些特色，也就沒有這些地域色彩的流傳；當然，要是沒有這些地域特色，也不可能孕育出這些作品。

美國女作家**維拉‧凱瑟**（Willa Cather, 1873-1947）成長於美國中西部內布拉斯加州移民社區，著有十二部長篇，對十九世紀後期美國中西部大草原開墾生活的胼手胝足、堅忍不拔，有深刻的描繪。當時女性的剛毅，通過素樸的題材、簡潔的筆墨，有扣人心弦的刻畫。這些作品彰顯美國立

維拉‧凱瑟

【美國】
維拉‧凱瑟（Willa Cather, 1873-1947）

國的移民精神及拓荒意志，至今雅俗共賞，可說是另一個受地域特色塑造、孕育而成的作家及作品。

然而，在美國的地域色彩現實主義小說中，最傑出的無疑是曾以小說《聲音與憤怒》裡的意識流震驚文壇的威廉‧福克納。福克納雖然曾短期在好萊塢任編劇，但一生絕大多數時間都住在密西西比州的牛津鎮，大多數的小說作品都以其家族在那一帶的歷史爲基礎。

威廉‧福克納（桂冠出版／提供）

記載了美國南方世界步入二十世紀之現代性時的蹣跚跌撞，以及南北內戰後陰魂不散的各種歷史遺留問題。因此，1949年諾貝爾文學獎頌辭中，說福克納的小說乃南方歷史之悲劇性寓言，堪稱一語中的。整體而言，福克納的作品仍以傳統的現實主義爲主，只不過是因爲《聲音與憤怒》與現代主

【美國】

威廉‧福克納（William Faulkner, 1897-1962）

●〈愛蜜莉的玫瑰花〉（"A Rose for Emily"，1930）

義意識流的結合是如此耀目，令評論界和學界有時不免過於凸顯他在這方面的成就。

在小說整體藝術成就方面，福克納之高於班奈特（以意識流震驚文壇的福克納，在英國大為推崇他的，反諷地，竟是班奈特，而不是強調內心化的吳爾夫），並不單是地域色彩經營得法，而在於他筆下所捕捉的人性，往往更能超越表面的地域色彩；即使在篇幅不長的短篇內，也能令讀者留下無法遺忘的印象。例如在各種選本中經常出現的短篇〈愛蜜莉的玫瑰花〉（"A Rose for Emily", 1930），小說裡就有令人震慄的「心理執著」（obsession）的經營。

福克納之後，美國南方地域色彩的小說寫作有點後繼乏人，值得一提的是女作家卡遜‧麥古萊斯（Carson McCullers, 1917-1967）。她以1940年的《心是寂寞的獵人》（*The Heart Is a Lonely Hunter*），1941年的《金眼的反映》（*Reflections in a Golden Eye*），1951年的《憂鬱咖啡店之歌》（*The Ballad of the*

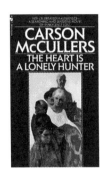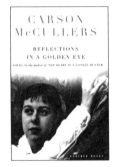

Sad Cafe）馳名於世。貫穿其作品的，為南方人物外表之怪
誕、精神之孤寂、甚或氣氛之可怕。麥古萊斯繼福克納之後，
能夠超越地域而廣受欣賞的原因，不純是因為一時一地風土人
情之反映；主要還在於作家寫出了人物與過去歷史之陰影的糾
纏掙扎，並能喚起讀者的類似經驗所致。

【美國】
卡遜・麥古萊斯（Carson McCullers, 1917-1967）
● 《心是寂寞的獵人》（*The Heart Is a Lonely Hunter*, 1940）
● 《金眼的反映》（*Reflections in a Golden Eye*, 1941）
● 《憂鬱咖啡店之歌》（*The Ballad of the Sad Cafe*, 1951）

義大利的眞實主義運動

　　二十世紀的美國小說有南方地域主義，並一直蔓延至七〇年代。與此同時，歐洲二十世紀最明顯的地域主義路線，無獨有偶也在南方，亦稱爲南方問題。小說上的表現見諸二十世紀義大利小說的眞實主義（verisimo）運動。

　　眞實主義運動以義大利極南方的小說家爲主，強調地域性之餘，亦非常重視地方方言的運用。這種地域性，尤其是對方言的強調，剛好與十九世紀末以來，義大利成爲民族國家後，政府希望語言統一，北方文學界亦主張全國語言及文字大一統的反彈。在統一問題上，西西里作家**喬萬尼‧維爾加**（Giovanni

---

【義大利】
喬萬尼‧維爾加（Giovanni Verga, 1840-1922）
● 〈鄉村騎士〉（"Cavalleria Rusticanna", 1880）

Verga, 1840-1922）持非常不同的觀點，並大力標舉眞實主義，認爲小說應該記錄地方社會實況之餘，也應該結合俚語和方言來充分表達地域色彩。維爾加乃眞實主義運動第

喬萬尼‧維爾加

一位大師級小說家，短篇小說代表作有〈鄉村騎士〉（"Cavalleria Rusticanna", 1880）等。維爾加在英語世界廣爲人知，是因爲《查泰萊夫人的情人》之作者勞倫斯（D. H. Lawrence）曾大力介紹，並親自英譯其短篇和長篇代表作。

維爾加認爲小說家的作品不應是個人情感及想法的抒發，而應該努力客觀、盡量壓抑個性，以突出社會風貌。而眞實主義特別關心的社會問題，是義大利統一後南方貧瘠的農業地區受相當工業化的北方地區的剝削，亦即今日經常提及的城鄉差距，或是一個國家之內，先進地區與後進地區的社會兩極化。

眞實主義的文學主張，曾影響好幾位重要的義大利南方作家，例如義大利第一位獲得諾貝爾文學獎的女作家**葛拉齊雅‧**

葛拉齊雅‧黛萊達

黛萊達（Grazia Deledda, 1871-1936）。黛萊達的作品，以她的家鄉薩丁尼亞（Sardinia）為焦點，寫出這個地區在新舊交替之間，並與其他義大利地區隔閡的情況下，如何在傳統與現代之間掙扎。勞倫斯對黛萊達也十分推崇，發動英譯之餘，並撰文向英語世界推介。

路易吉‧皮蘭德羅

另一位也曾吸收真實主義的義大利作家，是第二位獲得諾貝爾文學獎的義大利作家路易吉‧皮蘭德羅（Luigi Pirandello, 1867-1936），擅長小說及戲劇。由維爾加到黛萊達，再到早期的皮蘭德羅，無不關注所謂南北不均、重北輕南的現象，這就是義大利文學史與社會史常常提到的「南方問題」。而「南方問題」還有一個特殊

【義大利】
葛拉齊雅‧黛萊達（Grazia Deledda, 1871-1936）

【義大利】
路易吉‧皮蘭德羅（Luigi Pirandello, 1867-1936）

性，就是西西里島的黑手黨問題。在二十世紀下半葉，最有名
的西西里作家是**萊奧納多・夏俠**（Leonardo Sciascia, 1921-
1989），他的代表作是1961年的《白天的貓頭鷹》（*The Owl in*

the Day）。夏俠的小說以西西里的新舊歷史爲
大背景，遍及當地各階層，尤其是黑手黨在西
西里的猖獗活動。而黑手黨的影響，由西西里
幅射向整個義大利，軍政界與黑手黨沆瀣一
氣。在肆無忌憚的黑金勾結下，早年凸顯南北
不均的「南方問題」被複雜化，整個義大利的
特殊社會狀況又反過來縮映進西西里。然而，最有趣的是，夏
俠曾指出黑手黨有一種奇特的「優越感」，這種「優越感」令他
們雖然罪孽深重，卻自以爲是，自比爲大地的鹽。

【義大利】
萊奧納多・夏俠（Leonardo Sciascia, 1921-1989）
●《白天的貓頭鷹》（*The Owl in the Day*, 1961）

俄國的「頓河」

　　歐洲方面雖然還有其他明顯的地域主義，如西班牙巴斯克地區的文學，但都不如義大利南方所冒起的作家那麼馳名世界。值得一提的倒是另一位諾貝爾文學獎得主，1965年以《靜靜的頓河》（*And Quiet Flows the Don*, 1928-1940）得獎的**蕭洛霍夫**（Mikhail Sholokhov, 1905-1984）。這部長篇巨製以俄國頓河地區哥薩克多采多姿的生活爲背景，極富鄉土色彩。小說對哥薩克的風土人情，及整個內戰時期的變遷，有深刻、細緻的呈現。而頓河地區方言的大量出現，更令小說富有泥土氣息。《靜靜的頓河》第一卷在1928年面世後，很快便完成第二及第三卷，

米蓋爾‧蕭洛霍夫（Mikhail Sholokhov, 1905-1984）
- 《靜靜的頓河》（*And Quiet Flows the Don*, 1928-40）
- 《處女地的開墾》（*The Virgin Soil*, 1935）

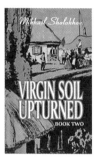

但隨即就被不少蘇聯文藝評論家批判，作者甚至被指為是「異見分子」、「布爾喬亞的同路人」，宣揚「富農思想」。後來，蕭洛霍夫於1935年出版《處女地的開墾》（*The Virgin Soil*），歌頌蘇聯農業的集體化。這小說得到史達林的讚揚，作者的地位自此才得以確立，甚至被法定為「社會主義現實主義」作家。然而，長期以來，自1928年年底至八〇年代中葉，有不少研究者、評論者認為《靜靜的頓河》不是蕭洛霍夫的親筆，其實是一位內戰時陣亡的白俄軍官克魯珂夫（F. D. Kryukov）的手稿。

七〇年代中葉，另一位曾獲諾貝爾文學獎的俄國作家索忍尼辛（Alexander Solzhenitsyn），亦參加指控認定《靜靜的頓河》為剽竊之作，令此書爭論更大，亦使這

部二十世紀俄國小說史上的名作，始終被一大迷團籠罩。姑勿論此書的作者是不是蕭洛霍夫，《靜靜的頓河》的藝術成就仍然是值得重視的；反過來說，也不應該由於蕭洛霍夫曾被史達林肯定而忽略這部小說。

拉美的「克里奧約主義」

至於在二十世紀拉丁美洲小說發展史方面，現實主義的地域色彩，一向都是重要流派之一，有所謂「克里奧約主義」。「克里奧約」原指在拉丁美洲出生的西班牙族裔，或西裔與本地人所生的混血兒。在文學上，這個運動倡議本土意識，在作品中引進土語方言，凸顯地域色彩，特重本地題材，力求擺脫歐洲及原宗主國的影響。這方面的作家甚多，名氣極大的有奧拉西奧・基羅加（Horacio Quiroga, 1878-1937）。基羅加為烏拉圭小說大師，被譽

奧拉西奧・基羅加

【烏拉圭】
奧拉西奧・基羅加（Horacio Quiroga, 1878-1937）
● 《愛情、瘋狂與死亡的故事》（*Tales of Love, Madness, and Death*, 1917）

為拉丁美洲短篇小說之王。1903年移民阿根廷，曾在阿根廷北部原始林莽生活近九年，日後作品不斷以這段經歷為背景，不時呈現叢林深處老百姓的生活。基羅加小說甚多，論者一般認為短篇集《愛情、瘋狂與死亡的故事》（*Tales of Love, Madness, and Death*, 1917）乃代表作。

拉丁美洲文學大多數以原宗主國的西班牙語言寫作，巴西則以原宗主國的葡萄牙語寫作。巴西文學本來受歐陸現代主義影響，以法國象徵主義為靈感來源，創作一度強調個人化、主觀化。到二〇年代，隨著民族主義的興起，文學上也有「新現實主義」的呼應。這運動強調以本鄉本土的生活及問題為寫作題材，技巧上則向現實主義的舊傳統回歸。在新現實主義的潮流裡，最為史家稱道的，是巴西東北地區Bahia的作家。在「東北鄉土」派裡，至今最受讚揚的是**若熱‧阿馬多**（Jorge Amado, 1912-2001），他的小說多以東北地區可可和甘蔗的大農場、荒

涼的高地、海濱市鎮等為背景。主角通常都是窮困的人物和勞動大眾，手法以白描為主，文字非常口語化，洋溢地方色彩。阿馬多早年作品喜歡以階級衝突來經營小說的戲劇性，不免流於說教訓誨。但1935年的《祭師朱比巴》（*Jubiaba*），卻細緻刻畫巴西民間流行的、源自非洲的宗教迷信，被視為拉丁美洲小說「神話化」的先河。

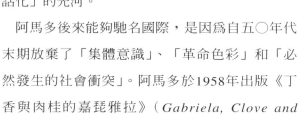

　　阿馬多後來能夠馳名國際，是因為自五○年代末期放棄了「集體意識」、「革命色彩」和「必然發生的社會衝突」。阿馬多於1958年出版《丁香與肉桂的嘉琵雅拉》（*Gabriela, Clove and Cinnamon*），小說專注於女主角的曲折遭遇和人物的悲歡離合，調子變得輕鬆、詼諧，手法也較趨誇張和嘲弄，不再是近乎自然主義的寫實。阿馬多晚年不但多次被提名諾貝爾文學獎，1984年更獲義大利總統頒發，該國最崇隆的國際文學獎「費爾特諾里諾獎」，獎金高達一千萬里拉。阿馬多也

【巴西】

若熱‧阿馬多（Jorge Amado, 1912-2001）

●《祭師朱比巴》（*Jubiaba*, 1935）

●《丁香與肉桂的嘉琵雅拉》（*Gabriela, Clove and Cinnamon*, 1958）

是第二位獲法國頒贈榮譽騎士勛的拉丁美洲作家（第一位是阿根廷的詩人、小說家豪赫·波赫士）。

在六〇年代，拉丁美洲小說奇才湧現，佳作如林，成為世界文壇最矚目的新潮。但是地域性問題也引爆拉丁美洲文壇的一場大論戰，爭辯的核心是：拉丁美洲作家應該扎根本土，抑或走向世界，也就是「縱向尋根」和「橫向移植」的老問題。論戰雙方的代表人物都是當代名家。「克里奧約主義」或「本土派」的發言人是祕魯小說家荷西·馬利亞·阿格達斯（Jose Maria Arguedas, 1911-1969）；他的作品走「批判現實主義」路線，對拉美原住民的悲慘命運備極關懷，並將原住民土語融入西班牙語，因此亦被稱為「土著主義」。

「現代派」或「國際派」的發言人是1951年就定居巴黎的阿根廷小說家胡里奧·葛塔薩（Julio Cortazar, 1914-1984）。他的代表作以拋棄傳統小說結構見稱，作風一向都非常接近歐洲的前衛實驗。由於雙方論戰甚為激烈，拉丁美洲文壇大老、智利詩

【秘魯】
荷西·馬利亞·阿格達斯（Jose Maria Arguedas, 1911-1969）

【阿根廷】
胡里奧·葛塔薩（Julio Cortazar, 1914-1984）

人巴布羅・聶魯達（Pablo Neruda, 1904-1973）最後只好出面平息戰火，他認為這個老問題不可能有簡單答案，作家植根本土之餘，也要放眼世界，而技巧的實驗性與內容的批判性是可以兼容並蓄、互不相悖的。聶魯達的說法不是「和稀泥」，因為夾在這兩派之間的魔幻現實主義，正是干預生活和技巧探索的融合。

　　至於華文小說方面，可以例舉的作家不少，但有一位卻要特別一提，因為至今仍普受忽略。他就是留學法國的四川小說家李劼人（1891-1962），代表作為大河小說《大波》。在現代中國小說名家幾乎沒有哪一位未成為博士論文專題的時候，李劼人這部洋溢鄉土色彩、又富歷史感的巨構，竟然仍受忽略，因而在此特別一提。

【智利】
巴布羅・聶魯達（Pablo Neruda, 1904-1973）

【中國】
李劼人（1891-1962）
●《大波》上、中、下三冊（1937）

3・現實主義的批判性

路程三　寫實基調的變奏
現實主義的批判性　117

針砭社會的批判精神

　　英國小說自十八世紀以來已建立起現
實主義傳統，而法國小說的現實主義，
反倒是十九世紀中葉才正式出現。在英
國小說偉大的現實主義傳統裡，十九世
紀的大小說家**狄更斯**（Charles Dickens,
1812-1870），或許由於自幼家貧，歷經
橫逆之故，對貧富懸殊、社會階級鮮明
的不公不義，感受甚深，反映到小說

狄更斯

裡，也來得特別深刻。例如1854年的 《艱難時世》（*Hard*

【英國】
查理斯‧狄更斯（Charles Dickens, 1812-1870）
● 《艱難時世》（*Hard Times*, 1854）
● 《小朵麗》（*Little Dorrit*, 1857）

235-62
台北縣中和市中正路800號13樓之3

印刻出版有限公司　收

讀者服務部

姓名：＿＿＿＿＿＿＿＿＿＿＿　性別：□男　□女

郵遞區號：＿＿＿＿＿＿

地址：＿＿＿＿＿＿＿＿＿＿＿＿＿＿＿＿＿＿＿＿＿＿＿＿＿＿＿

電話：(日) ＿＿＿＿＿＿＿＿＿＿＿＿　(夜) ＿＿＿＿＿＿＿＿＿＿＿＿＿

傳真：＿＿＿＿＿＿＿＿＿＿＿＿＿

e-mail：＿＿＿＿＿＿＿＿＿＿＿＿＿＿＿＿＿＿＿＿＿＿＿＿＿

INK PUBLISHING

讀 者 服 務 卡

您買的書是：＿＿＿＿＿＿＿＿＿＿＿＿＿＿＿＿＿＿＿＿＿＿＿＿＿＿＿

生日：＿＿＿＿年＿＿＿＿月＿＿＿＿日

學歷：□國中　　□高中　　□大專　　□研究所（含以上）

職業：□軍　　　□公　　　□教育　　□商　　　　□農

　　　□服務業　□自由業　□學生　　□家管

　　　□製造業　□銷售員　□資訊業　□大眾傳播

　　　□醫藥業　□交通業　□貿易業　□其他＿＿＿＿＿＿＿＿＿＿

購買的日期：＿＿＿＿＿年＿＿＿＿＿月＿＿＿＿＿日

購書地點：□書店 □書展 □書報攤 □郵購 □直銷 □贈閱 □其他

您從那裡得知本書：□書店　□報紙　□雜誌　□網路　□親友介紹

　　　　　　　　　□DM傳單　□廣播　□電視　□其他

您對本書的評價：(請填代號 1.非常滿意 2.滿意 3.普通 4.不滿意 5.非常不滿意)

　　　　　　　內容＿＿＿＿　封面設計＿＿＿＿　版面設計＿＿＿＿

讀完本書後您覺得：

1.□非常喜歡　2.□喜歡　3.□普通　4.□不喜歡　5.□非常不喜歡

您對於本書建議：

感謝您的惠顧，為了提供更好的服務，請填妥各欄資料，將讀者服務卡直接寄回或傳真本社，我們將隨時提供最新的出版、活動等相關訊息。

讀者服務專線：(02) 2228-1626　讀者傳真專線：(02) 2228-1598

Times），1857年完成的《小朵麗》（*Little Dorrit*），讀之仍能讓今天的讀者深切體會當年英國社會虛偽、壓抑、剝削、黑暗的一面。這種通過小說情節來揭露社會陰暗面的做法，後來有論者稱之為「批判現實主義」（critical realism）。

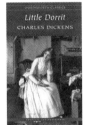

　　在二十世紀的美國小說裡，繼承這傳統的，無疑是第一位獲諾貝爾文學獎的美國小說家辛克萊‧劉易士（Sinclair Lewis, 1885-1951）。劉易士寫於1920年的小說《大街》（*Main Street*）針砭美國小城的狹隘虛偽；

1927年的《牧師正傳》（*Elmer Gantry*）暴露南方教會基本教義派裡個別人物的「神棍」行為；1947年的《貴族血統》（*Kingsblood*

辛克萊‧劉易士

【美國】
辛克萊‧劉易士（Sinclair Lewis, 1885-1951）
● 《大街》（*Main Street*, 1920）
● 《牧師正傳》（*Elmer Gantry*, 1927）
● 《貴族血統》（*Kingsblood Royal*, 1947）

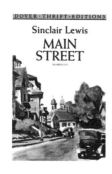
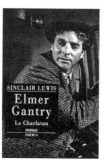

Royal）通過極端種族主義的白人主角，發現先祖竟有黑人血統，對美國種族歧視痛加揶揄。

另一位透過小說對美國社會多所針砭的，是**費奧多‧德萊塞**

費奧多‧德萊塞

（Theodore Dreiser, 1871-1945），代表作為1900年的《嘉麗妹妹》（*Sister Carrie*）。但德萊塞的作風比較接近法國的自然主義，傾向鉅細無遺地擷集現實生活的資料，有時不免流於細節的堆砌，加上對遺傳本能支配人類行為的命定論看法，作品的批判性與其說是來自作家本身

【美國】
費奧多‧德萊塞（Theodore Dreiser, 1871-1945）
●《嘉麗妹妹》（*Sister Carrie*, 1990）

的立場，倒不如說恰巧來自小說的情節及主角的下場。德萊塞的文筆雖然沙石夾雜，但《嘉麗妹妹》總算是為後世留下那個時代的都市面貌，也為一位女性留下不可磨滅的歷史圖像。

二十世紀奉行現實主義的美國小說家裡，能夠微妙地均衡藝術性與批判性這兩端的，大概只有**約翰‧史坦貝克**（John Steinbeck, 1902-1968）一人。史坦貝克寫於1939年的代表作《憤怒的葡萄》（*Grapes of Wrath*），不單是美國經濟大蕭條時期的歷史紀錄，也是近百年來美國現實主義小說的顛峰之作。作者對小說中那個家庭的遭遇雖然充滿同情，但是在藝術處理上的距離卻拿捏得恰到好處，令整部小說至今讀來仍有震撼性，亦為作者奪得1962年的諾貝爾文學獎。

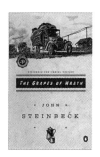

【美國】
約翰‧史坦貝克（John Steinbeck, 1902-1968）
●《憤怒的葡萄》（*Grapes of Wrath*, 1939）

美國現實主義視野的狹窄化

　　在二次世界大戰後，美國中產階級日益壯大。到了六○及七
○年代，雖有越南戰爭及隨之而來的學生運動的重大衝擊，但
美國社會的中產階級經濟情況未受影響，依然逐步上升。這些
有經濟能力的中產階級，逐步自城市移向居住條件更好的郊
區。這種住宅型社區逐漸蓬勃，弔詭地卻帶來現實主義視野上
的日益狹窄化。來自這種背景的好些女性小說家，例如安・比
蒂（Ann Beattie, 1947-）及安・泰勒（Anne Tyler, 1941-），雖然
對這種白人中產階級核心家庭的生活有深刻的探索，也讓讀者
看見美國社會的另一種面貌，但視野卻不及先行者遼闊，而現

【美國】

安・比蒂（Ann Beattie, 1947-）

【美國】

安・泰勒（Anne Tyler, 1941-）

實主義作品的批判性，在這類作品中也往往變得似有若無，因為作者本人也看不到這種生活以外的另一個選擇。

這類郊區住宅小說的生活圈先天有局限，人物也清一色是中產專業階級，作品一多，不免新鮮感褪色，彰顯出小說家的世界的封閉性。有趣的是，這些小說不時瀰漫無力感和失控感，與同類小說先驅約翰・齊佛（John Cheever, 1912-1982）和約翰・厄普戴克（John Updike, 1932-）比較，兩位男性小說家的虛構世界往往流露更大的信心和更多的執著。小說人物因而甚至行動起來，意圖反抗，例如齊佛1964年的著名短篇《泳者》（*The Swimmer*）和厄普戴克1960年的長篇《跑，兔子，跑》（*Rabbit, Run*）。在手法上，他們也略有不同，謹守現實主義傳統之餘，經驗不再完整，結局傾向「開放」。

【美國】
約翰・齊佛（John Cheever, 1912-1982）
●《泳者》（*The Swimmer*, 1964）

【美國】
約翰・厄普戴克（John Updike, 1932-）
●《跑，兔子，跑》（*Rabbit, Run*, 1960）

費滋傑羅

F. SCOTT FITZGERALD

THE GREAT GATSBY

二十世紀末，在好幾種不同的美國文學名著或著名文學人物的選舉裡，**費滋傑羅**（F. Scott Fitzgerald, 1896-1940）在1925年出版的《偉大的蓋世比》（*The Great Gatsby*，台港舊譯《大亨小傳》）都幾乎定是榜首。這本書雖是二〇年代泛稱爵士時期（Jazz Age）的作品，但對美國的資本主義精神的概括，及含蓄低調的諷刺，今日看來反倒比德萊塞及劉易士張口見喉式的尖銳，來得更爲有力。儘管作者本人在現實生活裡也逃不出資本主義的金色羅網，最後英年早逝。從近一百年來這段發展來看，似乎隨著中產階級在二戰後的日益壯大，社會層階變成「中間大兩頭小」，視野和批判性也緩慢地「小」下去。

【美國】
斯葛特・費滋傑羅（F. Scott Fitzgerald, 1896-1940）
● 《偉大的蓋世比》（*The Great Gatsby*, 1925）

異軍突起的偵探小說

在二十世紀三〇及四〇年代，美國現實主義一路的小說雖然在發展方面正處於高峰，但登上顛峰的同時正標誌著開始逐步下滑。而在同一時期出現的少數偵探小說，當年雖被視爲「消閒」之作，但其實倒以另一類型、另一形式發揮了現實主義的批判精神。代表作家有**漢密特**（Dashiell Hammett, 1894-1961）及**錢德勒**（Raymond Chandler, 1888-1959）。二人的作品一般被稱爲「粗線條」、「硬漢」派（hard-boiled）小說。傳統的偵探推理小說一般都是處理懸疑、追查罪案、揭露犯罪過程，全世界行銷極廣的克莉絲蒂（Agatha Christie, 1890-1976）的推理小

【美國】
達西爾・漢密特（Dashiell Hammett, 1894-1961）

【美國】
雷蒙・錢德勒（Raymond Chandler, 1888-1959）

說，就是以線索、謎團的推敲破解，來吸引讀者翻閱下去。但漢密特和錢德勒的代表作，雖然也有推理、懸疑和偵察成分，但破案的整個過程都會涉及大都會的陰暗面、人性的軟弱和墮落，同時也考驗偵探主角的道德情操和正義感。就針砭社會、暴露黑暗面而言，這兩位小說家的批判性其實不下於辛克萊・劉易士。但他們寓訓誨於娛樂，至今遠比板起面孔的劉易士來得吸引，也更為風行。

　　晚近極為風行的美國理論家詹明信（Fredric Jameson）甚至認為：錢德勒的小說自有其好處，起碼能讓讀者目睹社會的人情風貌，了解生活的形態；反之，在現代主義作品裡，社會的外在真實由孤絕的內心真實來取代，人物面目日益模糊。此外，小說的推理性，迫使讀者關注細節，因為連日常生活的習慣都可能是重要線索，而這種細節描繪與情節緊密結合，又有異於自然主義式的徒然大量堆砌。最後，錢德勒的情節安排，使主角（偵探）往往要出入於「上」、「中」、「下」流社會，令小說包羅、展現了社會的「全貌」或「全體性」（totality）。

在漢密特與錢德勒之外，也有一些知名小說大家借用偵探推理的模式來作自己的藝術探索。例如**福克納**在四〇年代就寫了一系列的偵探短篇，以其熟悉的南方社會為背景，以一位名叫蓋叔叔的本地律師扮演查察罪案的偵探角色，先後有六篇小說都以蓋叔叔辦案與破案為情節。這幾篇小說都有福克納擅長的南方語言、景觀、社會問題、種族矛盾等地域特色。

南美洲方面，早在三〇年代，熟悉英國偵探小說傳統的阿根廷名家**波赫**士就在報章上發表過一系列偵探推理短篇，後來在1935年結集為《邪惡通史》（*A Universal History of Infamy*，亦有譯作《惡棍列傳》）。這些短篇雖然套用老派偵探推理的模式，但其對幻象與真實、虛構與事實之間辯證互動的遊戲探索，再加上鏡子、迷宮、雙重人格等波赫士經常運用的母題，絕對可視為其代表作。

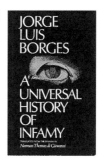

與波赫士不同的，則是祕魯的巴加斯·**略薩**。他吸收的推理

【美國】
威廉·福克納（William Faulkner, 1897-1962）

【阿根廷】
豪赫·路易士·波赫士（Jorge Luis Borges, 1899-1986）
●《邪惡通史》（*A Universal History of Infamy*, 1935；亦有譯作《惡棍列傳》）

元素沒有拿來探討形而上的玄祕，反而旗幟鮮明地用來揭批軍事當局的黑暗。1973年的暢銷名作《潘達雷翁上尉與軍中樂園》（*Captain Pantoja and the Special Service*）即為代表。此書在結構上的實驗性極高，例如同一頁上可以有三四個不同時空、場景、人物、對話等，過場承轉作跳躍式結合。因此雖然借用了懸疑、查訪、真相大白等元素，這部小說並不是傳統的推理作品。在1986年的中篇《誰殺了莫雷諾》（*Who Killed Palomino Molero?*）中，巴加斯‧略薩則放棄敘述形式的革新，重返老派的偵探推理框架，但內容仍是對軍頭和軍權的批判。故事講空軍司令與女兒亂倫，後來更設計殺害女兒的情人。全案最後自然是不了了

之。這部中篇將道德崩潰與體制腐蝕、社會黑暗，掛勾等同，與美國「硬漢派」偵探小說代表錢德勒的一些作品相似。由於巴加斯‧略薩向來就喜愛錢德勒的作品，有所借鑑，毫不為奇。

　　歐洲方面也有文學大家借用偵探推理的模式，

【秘魯】
馬里奧‧巴加斯‧略薩（Mario Vargas Llosa, 1936- ）
●《潘達雷翁上尉與軍中樂園》（*Captain Pantoja and the Special Service*, 1973）
●《誰殺了莫雷諾》（*Who Killed Palomino Molero?*, 1986）

例如瑞士德語小說家**麥思・費里施**（Max Frisch, 1911-1991）在1983年出版的長篇《藍鬍子》（*Blue Beard*）。傳說中的藍鬍子一共殺了七個太太，費里施筆下的主角也娶過七個太太，但都活得很好，只有第六名在家中被主角（外科大夫的領帶）勒死，在審訊及作證的過程，有日常生活的大量回憶中，又有主角的想法、夢境、幻象、舊書信的加插。因此，費里施其實是利用偵探小說破案的過程，探討他作品裡經常出現的身分危機（我是誰？）、人的異化、人格分裂、人性的不穩定等主題。

在費里施之前，另一位瑞士德語名家**費德里希・杜倫馬特**（Friedrich Durrenmatt, 1921-1990），早在五〇年代初就借鑒偵探小說模式來開拓嚴肅創作的疆界。1952年的《法官和他的劊子手》（*The Judge and His Hangman*）是這方面的代表作；在懸疑推理之中，揭批社會陰暗面，涵蓋不同生活風

【瑞士】
麥思・費里施（Max Frisch, 1911-1991）
●《藍鬍子》（*Blue Beard*, 1983）

【瑞士】
費德里希・杜倫馬特（Friedrich Durrenmatt, 1921-1990）
●《法官和他的劊子手》（*The Judge and His Hangman*, 1952）

貌，藝術性與可讀性兼具。

有趣的是在蘇聯的「社會主義現實主義」鬆綁期間，偵探小說曾成為作家較可自由發揮的類型。七○年代中後期出現不少公安小說。所謂「公安小說」即是警察、偵探或公安人員智取力擒社會上的「壞分子」或企圖搞破壞的「反革命分子」。這其實是資本主義國家裡犯罪小說的蘇聯版本。在蘇聯小說創作仍有不少條條框框的時候，這個類型的冒現，總算是悶局裡的生機，雖然今天也成為「歷史遺跡」。

綜上所述，偵探小說這個類型雖然以消閒娛樂開始，但長期以來，經過不少作家的打磨錘鍊，加上一些文學名家的借用，也很值得讀者和學界正視。

德國的「廢墟文學」

　　第二次世界大戰結束後，德國文壇有所謂「廢墟文學」的興起，因爲德國納粹發動的二戰最終不但分裂德國，也使德國成爲文化荒原。由於太多名作家及文化人在納粹瘋狂時期流亡國外，例如相當保守的小說家湯馬斯‧曼，都在高壓時期亡命海外，加上十二年的納粹鎮壓和大量焚書，令1945年納粹敗亡後，德國文學實在是從零點出發。

　　1947年，一群年輕作家以小型文學聚會作爲起步，沒有特別主張，沒有宣言，只是志同道合的文友集會，因爲在1947年開始，就命名爲「四七社」（Gruppe 47）。針對德國法西斯主義文

烏夫崗‧博歇特

漢力希‧波爾
（桂冠出版／提供）

學在希特勒時期強調「健康」和「堅強」，要求表揚「血與國家」的精神，「四七社」曾發起名為「清掃」的運動，提倡題材的真實和語言的素樸。基本上回歸「批判現實主義」的道路。二戰後最早成名的烏夫崗‧博歇特（Wolfgang Borchert, 1921-1947）及漢力希‧波爾（Heinrich Boll, 1917-1985）嶄露頭角時的作品都很能代表這個時期的創作心態。兩位作家都以過來人身分，直接渲染戰爭的殘暴。但作為戰爭受害人，他們的經驗與波蘭猶太裔詩人、小說家達德烏斯‧布若夫斯基（Tadeusz Borowski, 1922-1951）相比，不免小巫見大巫。二戰期間納粹黨建於波蘭奧許維茲（Auschwitz）的猶太人集中營的倖存者布若夫斯基，1948年發表兩部短篇小說集（1967年英譯出版時作《各位女士、

【德國】
烏夫崗‧博歇特（Wolfgang Borchert, 1921-1947）

【波蘭】
達德烏斯‧布若夫斯基（Tadeusz Borowski, 1922-1951）
●《各位女士、各位先生，毒氣在這邊》（*This Way to the Gas, Ladies and Gentlemen*, 1967）

各位先生，毒氣在這邊》*This Way to the Gas, Ladies and Gentlemen*），對集中營的末日世界大規模毒殺反倒沒有正面撻伐，而着墨於生活細節、局部氣氛、心理變化等，以相當含蓄的手法，探討極端情境裏的生存狀況，恐怕至今無出其右，爲歐洲小說罕見的傑作，更是「滅族」（holocaust）文學之濫觴。儘管如此，「四七社」的不斷省思，充分表現了這批作家的道德堅持，對德國文化自有其貢獻。「四七社」持續了二十年，到1967年才解體。戰後冒起的重要作家，包括1999年諾貝爾文學獎得主君特‧葛拉斯（Gunter Grass, 1927-），都是該社成員，由此可見其影響深遠。

當中最早馳名國際的漢力希‧波爾，在戰後以極度幻滅的心情，重新審視德國的軍國主義及戰爭的傷痛。成名作如1959年的《九點半的

【德國】

漢力希‧波爾（Heinrich Boll, 1917-1985）
- 《九點半的桌球》（*Billiards at Half-Past Nine*, 1959）
- 《小丑之歌》（*The Clown*, 1963）
- 《仕女及眾生相》（*Group Portrait with Lady*, 1971）

桌球》（*Billards at Half-Past Nine*）、1963年的《小丑之歌》（*The Clown*）都是同一方向的批判之作。波爾的小說正視歷史，勇氣可嘉，但藝術上的突破卻較為有限，儘管這兩部小說受內疚深重的德國讀者廣泛歡迎，但是說到藝術上的成績，還有待君特・葛拉斯1959年的《錫鼓》（*The Tin Drum*）才有所突破。

　　波爾的道德勇氣和寫實批判，為他奪得1972年的諾貝爾文學獎。但要說到他真正的代表作，倒應是他得獎前一年、1971年才出版的《仕女及眾生相》（*Group Portrait with Lady*）。通過女主角自納粹興起前至1970年初的滄桑變幻，波爾這部波瀾壯闊的小說，深刻地捕捉了歷史洪流與個體生命的互動關

【德國】
君特・葛拉斯（Gunter Grass, 1927-）
● 《錫鼓》（*The Tin Drum*, 1959）

君特・葛拉斯（桂冠出版／提供）

係。小說讓讀者看到德國的國家命運，和普通國民這四十多年的變遷。更特別的是，在這部小說裡，波爾恢復了傳統舊小說中的作者介入和現身說法（例如會出現「各位親愛的讀者」之類的字眼），但同時又令讀者知道這種介入的自覺性，使小說的藝術成績更上一層樓。

義大利的「新寫實主義」

　　同為二戰法西斯軸心國的義大利，戰後的文學也朝現實主義
的方向回歸，有「新寫實主義」（Neo-realism）運動的興起。這
個運動一方面對法西斯思想及暴行大加
撻伐，另一方面重新探討戰後的城鄉差
距問題（也就是過去討論的「南方問
題」）。這個運動雖然從者甚眾，然而因
為過於著重思想性和社會性，無形中將
文學「工具化」。今天回顧，整體成果不
免單薄，作品的時代性往往高於藝術

巴維塞

【義大利】
切薩雷・巴維塞（Cesare Pavese, 1908-1950）
● 《月亮與篝火》（*The Moon and the Bonfire*, 1950）

性。當中大概只有英年早逝的**巴維塞**
（Cesare Pavese, 1908-1950）的小說，能夠以
其語言錘鍊的功夫，及構思鋪排的用心，至
今尚能備受讚揚。巴維塞自殺去世那年出版
的《月亮與籮火》（*The Moon and the Bonfire*,
1950）便爲其傳世代表作。

此外，小說經歷甚多變化階段的莫拉維亞
（Alberto Moravia, 1907-1990）雖是這個運動
的邊緣人物，在創作上倒有不錯的成績。莫
拉維亞的《妥協者》（*The Conformist*,
1951），曾由名導演貝托魯奇搬上銀幕，小

說對義大利法西斯時期道德界限之模糊、個
人抉擇之艱困，有深刻的探討。而1954年的
短篇小說集《羅馬故事》（*Roman Tales*）對
戰後的平民生活，有第一手的觀察鋪陳，至
今尚爲人稱道。

【義大利】

阿爾貝托‧莫拉維亞（Alberto Moravia, 1907-1990）

●《妥協者》（*The Conformist*, 1951）

●《羅馬故事》（*Roman Tales*, 1954）

「新寫實主義」在戰後的義大利也是一場電影運動，羅塞里尼
（Rossellini）、狄西嘉（De Sica）、早期的維斯康提（Visconti）
的電影傑作如《羅馬・不設防城市》、《單車失竊記》、《洛可
兄弟》等，均為二十世紀世界電影史上的名作。整體成績肯定
要比小說界高出很多。

英國「憤怒」的五〇年代

　　二戰結束後，英國雖然勉強保持帝國的軀殼，但到了五〇年代，國內文學界開始騷動起來，又有新聞界稱為「憤怒青年」（Angry Young Men）的崛起。小說界的代表人物是京士萊・艾米斯（Kingsley Amis, 1922-1995），和阿倫・斯立圖（Alan Sillitoe, 1928-　）；其中以斯立圖的成就較高。斯立圖1958年的《星期六晚和星期天早》（*Saturday Night and Sunday Morning*）首次以勞工階層為主人翁；而1959年的《長跑選手的寂寞》（*The Loneliness of the Long*

【英國】
京士萊・艾米斯（Kingsley Amis, 1922-1995）

【英國】
阿倫・斯立圖（Alan Sillitoe, 1928-　）
● 《星期六晚和星期天早》（*Saturday Night and Sunday Morning*, 1958）
● 《長跑選手的寂寞》（*The Loneliness of the Long Distance Runner*, 1959）

Distance Runner），主人翁的出身是小資產階級，也是當時罕見。斯立圖的作品反建制、反階級隔閡、反社會虛偽，抗議立場鮮明。英國文化當年尚未多元化，斯立圖的小說因而頗為震撼。

換言之，在經歷戰火洗禮後，德、義、英幾國的文學，都暫時告別現代主義，以現實主義為再出發的起點。

4. 蘇聯的「社會主義現實主義」

　　蘇聯在十月革命之後，教條派逐步得勢，認為共產主義社會成立之後，剝削階級已經不再存在。因此，在計畫經濟的集體化下，經濟基礎已有根本的變化，而如果上層建築（指法制及文藝等）是反映經濟基礎的話，那麼，進入「社會主義新時期」之後，剝削、壓榨、侮辱種種「黑暗」面便不復存在，小說反映出來的現實，也就應該是「光明」的。所以小說必然要寫「英雄人物」和「光明面」，因為

這是文學配合社會發展的必然邏輯。在1934年的蘇聯作協大會上，經史達林批准，日丹諾夫（A. A. Zhdanov）正式將「社會主義現實主義」（即Socialist Realism，以1949後中國大陸官方翻譯爲準）標舉爲所有文藝創作的準則。將「光明面」、「英雄人物」、「光明尾巴」成爲正式要求，並特別批判了西方的現代主義。

蘇聯的「社會主義現實主義」也在二戰後成爲東歐國家（匈牙利、捷克、波蘭、南斯拉夫、阿爾巴尼亞、保加利亞、羅馬尼亞、東德等國）的文藝創作準則。在1949年後，也輸入中國，進一步強化了延安文藝座談會的要求，使文學爲政治服務更多一重理論支持。到1966年文化大革命前夕，有所謂「兩結合」，即「革命的現實主義」與「革命的浪漫主義」相結合。到了文革時期（1966-1976），「兩結合」更收窄爲「三突出」，即要求

「突出所有人物裡的正面人物，突出正面人物裡的英雄人物，突出英雄人物裡的主要人物」。文革末期，整個小說界差不多就只剩下浩然（1932-）的《艷陽天》及《金光大道》等幾部小說。

自二戰結束到史達林在1953年去世爲止，「社會主義現實主義」這個創作綱領，進一步教條化和僵化，形成所謂「無衝突論」。這個提法認爲由於社會主義國家終於清滅種種不合理現象，現實生活再也沒有甚麼矛盾，在「形勢大好」、「前途光明」的情況下，小說只能反映

【中國】
浩然（1932-）
●《艷陽天》（1966）
●《金光大道》（1972-1974）

「好」和「更好」之間的矛盾；小說中的人物也不能夠只是「正面人物」，得發揮成「理想人物」。史達林死後，愛倫堡（I. G. Ehrenburg, 1891-1967）在1954年發表的中篇《解凍》（*The Thaw*），藝術上無甚足觀，但政治禁忌略有衝破，成爲文學界復甦的先聲，後來英語學界將1954年至1966年稱爲蘇聯文學的「解凍時期」，即起源於此。及1961年，瓦西里·阿克肖諾夫（Vasily Aksyonov, 1932-）發表《帶星星的火車票》，以同情、不批判的態度刻畫莫斯科中學生「尋找自我」的啓蒙過程，一紙風行，翌年英譯爲*A Ticket to the Stars*出版後，美國書評界譽之爲「蘇聯的沙林傑」（即J. D. Salinger，美國中學教科書《麥田捕手》小說作者）。

這個時期的蘇聯理論界，也開始批評「無衝突論」的粉飾現實，努力爲文藝鬆綁，倡議「寫小人物」、「非英

【蘇聯】
愛倫堡（I. G. Ehrenburg, 1891-1967）
●《解凍》（*The Thaw*, 1954）

瓦西里·阿克肖諾夫（Vassily Aksyonov, 1932-）
●《帶星星的火車票》（*A Ticket to the Stars*, 1961）

雄化」、「寫眞實」（即揭露陰暗面）、「表現自我」等觀點，終在1970年代初，凝聚為共識，承認「社會主義現實主義」也可以是「開放體系」。這個時期冒現的尤里・特里豐諾夫（Yuri Trifonov, 1925-1981）就以客觀中立的態度，展示日常生活裡的利益衝突、狹隘偏見，甚至惡勢力；主角再也不是「高大」的英雄人物，而是與日常生活掙扎的小市民。然而，到了戈巴契夫高呼「開放」的時期，負責管治文學的官員，依舊很保守，蘇聯在阿富汗的戰爭（被稱為「蘇聯的越南」），仍是小說禁區。

今天回顧蘇聯「解凍時期」，肯定為文學界留下一線生機。當時蘇共在總書記赫魯雪夫的領導下批判史達林，又得赫魯雪夫親自批准，出版索忍尼辛（Aleksandr Solzhenitsyn, 1918- ）的《集中營的一天》（*One Day in the Life of Ivan Denisovich*, 1962），為一重大轉捩點。此書出

【蘇聯】
尤里・特里豐諾夫（Yuri Trifonov, 1925-1981）

阿歷山大・索忍尼辛（Aleksandr Solzhenitsyn, 1918- ）
●《集中營的一天》（*One Day in the Life of Ivan Denisovich*, 1962）

版後，西方「新馬克思主義」創始人、美學大師盧卡契
（Georg Lukacs, 1885-1971）利用這個「解凍」期，大力
讚揚索忍尼辛這部作品，並指出日丹諾夫炮製的「社會
主義現實主義」，只是「革命浪漫主義」一種「空想」和
「朝前看的理想」的混合體，不但與社會主義無關，也悖
逆西方現實主義的偉大傳統，使創作變成對眼前現實的
蒙蔽，使作品淪為「圖解政治」的文學。這種「政治圖
解」自然與真正的典型人物無關，往往只是空洞的「理

想人物」、「樣板人物」，是概念的產品，不是從真正現實中提煉出來的。盧卡契認為索忍尼辛《集中營的一天》的構思及小說人物的重要性，不在於揭露史達林時期的恐怖高壓，而是作家能夠通過創作，將典型的集中營裡平凡的一天，轉化成尚未過去的歷史的象徵。盧卡契推崇此書為當代文學的嶄新高峰。

然而，好景不常，「解凍」期很快便過去，蘇聯又進入「停滯期」。「社會主義現實主義」始終陰魂不散。要遲至1980年代，「社會主義現實主義」的影響才逐步消退，最後隨著蘇聯的解體而成為歷史陳述。西方現實主義的偉大傳統，在蘇聯有這樣的一段奇特扭曲，雖已事過境遷，卻仍是二十世紀小說發展史上相當重要的插曲。

5.風格、結構、觀念的翻修

　　二十世紀現實主義的寫作模式，除了在大方向上有過好幾個大變化，還有一些由個別作家努力下的小型修葺；與大方向相比，獨特的小修葺並未蔚然成風。

語言風格的返璞還淳

先談語言風格上的小型探索。美國小說家**海明威**（Ernest Hemingway, 1899-1961）在1927年出版的短篇集《沒有女人的男人》（*Men Without Women*），令人耳目一新。然而，當年也有些書評家頗不以為然，因為小說句法簡單，用字明朗，表面乍看似乎相當淺薄，甚至是新聞式英語文體。但海明威這種非常精鍊的風格，不但向亨利·詹姆斯近乎「花腔女高音」的文體告別，也是對維多利亞時期特重鋪陳之英語的排拒，將新時代的人與事，以

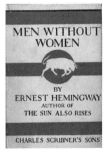

【美國】
歐內斯特·海明威（Ernest Hemingway, 1899-1961）
●《沒有女人的男人》（*Men Without Women*, 1927）

前所未有的文字感性來傳達，別具一功。

在不少西方現代主義作家的作品裡，由於講求內心化，爲了描繪混亂、幽黯的心理狀態，特重文字錘鍊，各出奇謀，力謀變化。相形之下，海明威的特點是對現實主義的堅持，同時對文字鍛鍊又異常執著，在整體表現上另樹一幟。

伊薩克·巴別爾

1930年代初海明威浪跡巴黎時，曾經讀到俄國猶太裔短篇小說家**伊薩克·巴別爾**（Isaac Babel, 1894-1940）短篇集《紅騎兵》（*Red Cavalry*, 1926）之法譯，激賞不已；應是對巴別爾之文章簡約而效果濃稠，有異曲同工之感。巴別爾嘗說：「當你刪無可刪，而不是加無可加，小說語言才能硬朗明白。」又說：「短篇小說的準確應該像軍令或支票。」而巴別爾與海明威相似的是，《紅騎兵》裡三十多則短篇，幾乎都是二○年代任職隨軍記者的作品；因此二人作品風格的精簡或與新聞報導正在摸索的現代感性不無關連。

【俄國】
伊薩克·巴別爾（Isaac Babel, 1894-1940）
●《紅騎兵》（*Red Cavalry*, 1926）

情節結構組合上的新嘗試

　　海明威雖曾長居古巴，但拉丁美洲作家喜歡他作品的反而不多，倒是威廉‧福克納，是所有拉美名家都大加讚賞的美國小說家。而福克納和好幾位拉丁美洲名家一樣，在作品的結構上甚見功夫。

　　在現實主義的框架裡，重新思考及安排小說結構的問題，應可視為二十世紀下半葉拉丁美洲小說的另一成就。祕魯小說家**馬里奧‧巴加斯‧略薩**（Mario Vargas Llosa, 1936-）在1969年推出的《酒吧長談》（*Conversations in the Cathedral*）裡，將故事線索分別割裂，並打亂時空來重組；讀者在閱讀時，必須將

【秘魯】
馬里斯‧巴加斯‧略薩（Mario Vargas Llosa, 1936-）
● 《酒吧長談》（*Conversations in the Cathedral*, 1969）
● 《胡莉婭姨媽與劇作家》（*Aunt Julia and the Scriptwriter*, 1977）

不同斷塊作辯證組合，才能拼出故事的整體圖像。通過這樣的結構，作家等於告訴我們，認識人物和事件從來就不是順序的，更不是有條理的，也絕不是全面的。小說的世界，也許就該像現實世界，得從混亂中找出秩序，即使到最後也只能有局部的認識。 巴加斯‧略薩在1977年出版的《胡莉婭姨媽與劇作家》（*Aunt Julia and the Scriptwriter*），則嘗試了比較簡單的「章節對比」結構；奇數章節是主線，偶數章節是表面上與主線無關的小故事。巴加斯‧略薩的這種嘗試，導致論者將之稱為「結構現實主義」，但其實這種寫法只是企圖在現實主義的框架裡重組情節，嘗試小說情節結構上的不同組合，並沒有鮮明的文學主張。

拉丁美洲小說在這方面的嘗試，小說讀起來最難懂、最富挑戰的，絕對是**胡里奧・葛塔薩**（Julio Cortazar, 1914-1984）在1963年刊行的鉅著《跳房子》（*Hopscotch*）。這本小說共有兩大部分，作者在書前有導讀表，說明第一種讀法，是將第一部的第1章至第56章順序讀完，並就此放棄。而第二個讀法，是將第二部自57章至155章按照每章結尾標出的章節跳躍閱讀。然而，假如讀者乖乖地追循作者的指示來閱讀，就會發現跳來跳去，不過是跳回稍前已經讀過的章節。這樣一來，等於說讀者可以就個人的喜好，進行第三種可能的自我編排的閱讀方式。因此，這本小說作為美學客體，必須通過讀者非常主動的參與才能完成；也就是說，讀者也得扮演某種作者或編輯的角色，去組織和理解這個閱讀經驗。

　　葛塔薩《跳房子》的遊戲性，明顯打破了現實主義小說傳統特別強調的臨摹寫真、完整有序，反讓讀者清楚感覺到是在進行主動閱讀、間接撰寫的過程。這個結構上的創造，其實與五〇年代中葉興起的「後設小說」（metafiction）有點異曲同工。

【阿根廷】
胡里奧・葛塔薩（Julio Cortazar, 1914-1984）
●《跳房子》（*Hopscotch*, 1963）

【美國】
約翰・巴斯（John Barth, 1930- ）

美國小說家約翰・巴斯（John Barth, 1930-）在五○年代中葉就開始嘗試後設小說的敘述模式，到1960年代初，更引起評論界的廣泛注意，今天甚至有不少論者視「後設小說」為「後現代」小說之起點。

小說世界的「眞實」與「虛托」

　　巴斯的作品雖具實驗精神，但長期以來讀者極少，大概只有文學研究者才會閱讀。所謂「後設小說」，是指通過小說形式，來重新省思藝術的本質、虛構的形相、文字的「言」「意」困境，試圖以具體情節來從事抽象思維。此舉，亦即俄國形式主義所說的，是要暴露文學表現手段的眞相，企圖拒絕讀者的廉價認同，迫使讀者認識藝術寫眞（mimesis）的虛托，無疑是對小說藝術觀念的翻修。

　　「後設小說」的寫作，除上文提及的葛塔薩與巴斯之外，英國小說家約翰‧浮爾斯（John Fowles, 1926-）在小說寫作上也有所吸納。浮爾斯在1969年出版的《法國中尉的女人》（*The*

【英國】
約翰‧浮爾斯（John Fowles, 1926-）
●《法國中尉的女人》（*The French Lieutenant's Woman*, 1969）

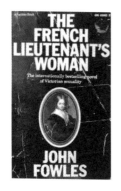

French Lieutenant's Woman）裡，便淺嘗了後設式的構思。小說收結時為故事提供了三個不同的結局，此舉既讓讀者有參與空間之餘，也體認到寫真背後的虛托。浮爾斯將前衛實驗與傳統敘述恰到好處、巧妙地結合，令此書大受歡迎，讓廣大讀者初次體驗後設小說的神髓。《法國中尉的女人》後來在1981年由英國著名戲劇家哈勞‧品特（Harold Pinter）改編成電影劇本，出人意表地以其他方式保存了浮爾斯後設的構思，功力絕不下於原作者。

「後設小說」另一次「大型」一點的嘗試，見諸卡爾維諾1979年出版的《如果在冬夜，一個旅人》（If on a Winter's Night a Traveller）。這書以長篇小說的形式探討作

【義大利】
伊塔羅‧卡爾維諾（Italo Calvino, 1923-1985）
●《如果在冬夜，一個旅人》（If on a Winter's Night a Traveller, 1979）

家、作品（虛擬世界）與讀者之間錯綜的糾葛，亦是後設小說之精采實驗，同時又雅俗共賞。小說的外在架構，是一個看小說的讀者念不完的、開了頭的小說：這個框架內有十部不同小說的開頭，而這十則互不相干的小說，戲仿十種不同的小說敘述模式（包括現代主義、魔幻寫實、偵探小說、政治小說等），並探討當代不同的社會問題。此書很快就譯成多種文字，普受歡迎，並爲卡爾維諾贏得好幾個文學獎。

　　在浮爾斯與卡爾維諾之外，拉丁美洲有一個類近「後設」構思的早期嘗試，長期以來在英語世界備受忽略，很值得一提。這就是二十世紀最重要的烏拉圭小說家**胡安‧卡洛斯‧奧內蒂**（Juan Carlos Onetti, 1909-1994），1950年出版的長篇《短暫的一生》（*A Short Life*）。在這部小說裡，一個阿根廷劇作家構思一部小說情節，寫一個醫生與女病人的不當糾纏，後來醫生不得不出走，而同時，構

【烏拉圭】
胡安‧卡洛斯‧奧內蒂（Juan Carlos Onetti, 1909-1994）
●《短暫的一生》（*A Short Life*, 1950）

思小說的劇作家也被迫逃亡；兩人在逃亡路程中碰到，但劇作家竟然認不出自己創造出來的小說主角。奧內蒂後來還有一部長篇甚至讓小說人物向作者報復。奧內蒂的「後設」巧思，成就尚在其次，主要是能引人入勝，不比巴斯之流於形式。

後設小說容易上手，數十年來甚多模倣嘗試，但正如所有前衛實驗，多次重複後，原有創意往往蕩然無存，徒具形式就再難吸引讀者，更不受論者青睞。倒是八〇年代中國大陸逐步開放後，後設小說的模式通過翻譯被引進。大概自1988年起，後設模式在不少新一代作家筆下大量湧現，成為風潮。較為熟悉的名字有馬原、洪峰、葉兆言、蘇童、格非、孫甘露等。

文 學 叢 書　145

INK PUBLISHING 小說地圖

作　　者	鄭樹森
總 編 輯	初安民
責任編輯	丁名慶
封面設計	永真急制 Workshop
設計協力	聶永真　陳文德　顏柯夫
校　　對	余淑宜　丁名慶

發 行 人	張書銘
出　　版	**INK**印刻出版有限公司
	台北縣中和市中正路800號13樓之3
	電話：02-22281626
	傳真：02-22281598
	e-mail：ink.book@msa.hinet.net
網　　址	舒讀網http://www.sudu.cc

法律顧問	林春金律師
總 代 理	展智文化事業股份有限公司
	電話：02-22533362・22535856
	傳真：02-22518350

郵政劃撥	19000691 成陽出版股份有限公司
印　　刷	海王印刷事業股份有限公司

出版日期	2007年 2 月 初版
ISBN	978-986-7108-99-9

書中若干人物圖片，因年代久遠，無法查考聯繫其版權，
如若擁有該版權者，盼與本社連絡，俾便支付使用費。

定價　180元

Copyright © 2007 by William Tay
Published by **INK** Publishing Co., Ltd.
All Rights Reserved
Printed in Taiwan

國家圖書館出版品預行編目資料

小說地圖／鄭樹森 著.－－初版.
－－臺北縣中和市：INK印刻，
2007〔民96〕面；　公分（文學叢書；145）

ISBN 978-986-7108-99-9（平裝）
1. 小說－評論
812.7　　　　　　　　　　95024907